D1876880

dtv

1,–

Zoran Živković

Das letzte Buch

Roman

Aus dem Serbischen
von Astrid Philippsen

Deutscher Taschenbuch Verlag

Von Zoran Živković
ist im Deutschen Taschenbuch Verlag erschienen:
Versteckte Kamera (24625)

Die Übersetzung wurde gefördert vom
Literarischen Colloquium Berlin mit Mitteln
des Auswärtigen Amtes und der Kulturverwaltung
des Berliner Senats.

Deutsche Erstausgabe
November 2008
Deutscher Taschenbuch Verlag GmbH & Co. KG,
München
www.dtv.de
© 2007 Zoran Živković, vertreten durch
AVA international GmbH, Germany
Titel der serbischen Originalausgabe:
Poslednja knjiga
© 2008 der deutschsprachigen Ausgabe:
Deutscher Taschenbuch Verlag GmbH & Co. KG,
München
Umschlagkonzept: Balk & Brumshagen
Umschlaggestaltung: Wildes Blut, Atelier für Gestaltung,
Stephanie Weischer unter Verwendung
eines Fotos von iStockphoto/Chad McDermott
Satz: Greiner & Reichel, Köln
Gesetzt aus der Sabon 9,75/12'
Druck und Bindung: Druckerei C. H. Beck, Nördlingen
Gedruckt auf säurefreiem, chlorfrei gebleichtem Papier
Printed in Germany · ISBN 978-3-423-21103-1

Für Veca, in Liebe

1.

Es sah nicht im Geringsten nach einem gewaltsamen Tod aus, sodass es keinen Grund zu einer Ermittlung gab. Doch die Inhaberin des »Papyrus« war in Panik geraten. Noch nie war jemand in ihrer Buchhandlung gestorben. Sie rief außer dem Rettungsdienst auch die Polizei an.

Ich traf gleichzeitig mit dem Rettungswagen ein. Während der Arzt seine Arbeit tat, stand ich abseits und schaute mir die Buchhandlung an. Ich war noch nie hier gewesen. An Kleinigkeiten sah man, dass der Ort eine Seele hatte. Die Pflanzen in den Töpfen waren gut versorgt, der Zierrat über dem kleinen Kamin war nett angeordnet, nirgends war Staub, der unausweichlich bei Büchern zu finden ist.

»Hier gibt es nichts zu tun für Sie, Kommissar Lukić«, sagte mir der Doktor, während er die Plastikhandschuhe abstreifte. »Natürlicher Tod. Wahrscheinlich Herzversagen. Nach der Autopsie werden wir mehr wissen. Was es auch gewesen sein mag, wahrscheinlich hat es ihn im Schlaf erwischt. Man kann ihn nur beneiden.« Er kicherte leise. »Der Mann wird nie erfahren, dass er gestorben ist.«

»Wann ist der Tod eingetreten?«

»So zwischen fünf und sechs. Der alte Mann hat mindestens zwei Stunden tot hier gesessen, und keiner hat es bemerkt. Wir leben in einer gleichgültigen Welt.«

»Sieht so aus«, sagte ich und rückte zur Seite, um die Sanitäter durchzulassen, die die Trage mit dem Toten hinausbrachten, der mit einem grünen Tuch bedeckt war.

Der Arzt nickte. »Wir sehen uns, Kommissar, wenn es was Aufregenderes gibt.«

Als wir allein waren, ging ich zu der Inhaberin, einer schlanken, graziösen Frau mit langem rotem Haar und Sommersprossen. Sie sah jung aus, aber sicherlich war sie so an die fünfunddreißig. Sie trug ein dunkelblaues Tweedkostüm und Ton in Ton dazu eine helle Bluse. An einem Band um den Hals hing ihre schmale Lesebrille. Sie stand vor dem Verkaufstisch mit der Kasse und wusste nicht wohin mit ihren Händen, wie das so bei Personen ist, die ihre Aufregung nicht verbergen können.

Ich reichte ihr die Hand, um ihr wenigstens für einen Augenblick die Unsicherheit zu nehmen.

»Kriminalkommissar Dejan Lukić. Guten Abend.«

»Ich könnte mir einen besseren Abend vorstellen! Vera Gavrilović, Inhaberin des ›Papyrus‹.« Sie hielt inne, dann fügte sie fast verlegen hinzu: »Fräulein.«

»Wollen Sie sich setzen?«, fragte ich.

»Nein, danke. Es ist schon in Ordnung.«

»Sie haben noch nie einen Toten gesehen?«

Sie sah mich einige Augenblicke wortlos an, dann schüttelte sie kurz den Kopf.

»Das ist immer erschütternd beim ersten Mal. Besonders, wenn einem der Verstorbene nicht unbekannt ist. Haben Sie ihn gekannt?«

»Ich erinnere mich nicht, ihn je gesehen zu haben. Aber es kommen viele Leute hierher. Ich kann mir nicht alle merken.«

»Wenn es Sie tröstet – es ist auch nicht viel einfacher, wenn man sich an einen solchen Anblick gewöhnt hat.«

»Ich werde mich hoffentlich nicht daran gewöhnen müssen.«

»Ich denke, da besteht keine Gefahr. Eine Buchhandlung ist der letzte Ort, wo man Tote erwarten könnte. Das hier ist der erste Fall, der mir bekannt ist.«

»Hoffen wir es!«

»Würden Sie mir berichten, was passiert ist?«

Fräulein Gavrilović seufzte tief, ehe sie begann.

»So wie jeden Abend habe ich kurz vor acht angesagt, dass ich gleich schließen werde. Ein paar Kunden sind zur Kasse gekommen mit den Büchern, die sie sich ausgesucht hatten, die anderen sind zur Tür gegangen. Erst als der letzte Käufer draußen war, habe ich bemerkt, dass ich nicht allein bin.«

Sie wandte sich einem Sessel zu, der mit abgeschabtem dunkelgrünem Samt bezogen war. Drei weitere dieser Art standen in den übrigen Ecken der Buchhandlung.

»Der Mann hielt den Kopf über das Buch in seinem Schoß gebeugt. Es sah aus, als läse er, aber ich dachte, er schläft. Das ist nichts Ungewöhnliches. Im Winter kommen viele Leute hierher, die sich einfach nur aufwärmen wollen. Sie nehmen irgendein Buch, setzen sich in einen Sessel und bleiben hier, bis geschlossen wird. Die meisten lesen wirklich, aber es gibt auch welche, besonders ältere, die schlafen bald ein. Das stört mich nicht, wenn sie nicht gerade schnarchen.«

Wie zur Rechtfertigung zog sie kurz die Schultern hoch.

»Ich bin zu dem Sessel gegangen und habe dem Mann gesagt, dass wir schließen, aber er hat sich nicht gerührt. Ich habe es noch einmal wiederholt, lauter, ihm die Hand auf die Schulter gelegt und ihn sanft gerüttelt. Sein Körper ist einfach zur Seite gekippt …«

Ich nickte. »Unangenehm, ich weiß. Aber das Schlimmste liegt hinter Ihnen.«

»Wirklich?«

Ich sah sie fragend an. »Woran denken Sie?«

»Wenn das die Runde macht, dann könnten uns die Kunden mit der Zeit meiden. Ein Toter ist nicht die beste Empfehlung für eine Buchhandlung.«

»Warum sollte es die Runde machen? Hier handelt es sich nicht um ein Verbrechen, sondern um einen natürlichen Tod, der den armen Alten überall hätte treffen können. Das passiert fast täglich. Es wird keine Aufmerksamkeit erregen.« Ich lächelte und wiederholte die Worte, die ich zuvor gehört hatte. »Wir leben in einer gleichgültigen Welt.«

Die Inhaberin seufzte noch einmal.

Ich schaute mich um.

»Sie haben eine schöne Buchhandlung. Ich wäre lieber nicht von Amts wegen hier.«

»Ich fürchte, wir haben nicht viele Bücher, die einen Kriminalkommissar interessieren. Wir haben überwiegend Belletristik.«

»Dann haben Sie das, was diesen Kriminalkommissar interessiert.«

»Tatsächlich?«

»Ich habe Literatur studiert.«

»Und sind zur Polizei gegangen?«

»Ich bin dahin gegangen, wo Arbeit war. Meine Literaturkenntnisse waren dabei kein Hindernis. Im Gegenteil. Sie haben mir schon so manches Mal geholfen.«

»Detektivromane? Aber das ist doch nicht gerade wertvolle Literatur!«

»Würden Sie denn, sagen wir, ›Schuld und Sühne‹ oder ›Der Name der Rose‹ als minderwertige Literatur bezeichnen?«

»Natürlich nicht. Doch die würde ich auch nicht als Detektivromane einstufen.«

»Trotzdem kann man sie auch als solche lesen.«

»Nehme ich an. Aber wir wollen uns jetzt nicht auf komplizierte Literaturfragen einlassen. Dazu ist nicht die rechte Zeit. Ich werde mich mit Ihnen über solche Themen austauschen, wenn Sie ein andermal wiederkommen. Nicht dienstlich.«

»Mit Vergnügen.« Noch einmal ließ ich den Blick über die hohen Regale voller Bücher schweifen. »Auf Wiedersehen, Fräulein Gavrilović.«

»Auf Wiedersehen, Herr Kommissar.«

2.

Mein Kollege Jovan Petronijević hob den Kopf, als ich das Büro betrat.

»Vorhin hat dich Doktor Dimitrijević angerufen. Wegen der Autopsie, die er durchgeführt hat. Du sollst dich bitte bei ihm melden. Er bezieht sich auf das hier, nicht wahr?«

Er reichte mir das Boulevardblatt, das er regelmäßig las. Ich nahm es und blickte unten auf die Seite, wohin er zeigte. Die Kurzmitteilung trug die Überschrift »Tod in der Buchhandlung«. Eine Reporterspürnase hatte das Ereignis für erwähnenswert befunden! Wahrscheinlich wegen des Ortes, an dem es passiert war. Fräulein Gavrilović würde nicht begeistert sein. Aber bis morgen wird man alles vergessen haben …

»Ja.«

»Endlich ein Fall, der dir gelegen kommt, was?«, sagte er mit spöttischem Unterton.

»Literatur und Buchhandlung sind nicht gerade dasselbe. Das müsste auch jemandem klar sein, der nicht unbedingt für Bücher schwärmt.« Ich gab ihm die Zeitung zurück. »Außerdem ist das kein Fall. Der alte Mann ist eines natürlichen Todes gestorben. Ich hätte überhaupt nicht dorthin gehen müssen.«

»Das möchte ich nicht sagen, dem Tonfall von Doktor Dimitrijević nach zu urteilen.«

Ich sah ihn verdutzt an, doch er steckte wortlos den Kopf in die Zeitung.

Ich rief die Autopsieabteilung an. Eine weibliche Fistelstimme bat mich zu warten. Es vergingen gut drei Minuten, bis sich Doktor Dimitrijević meldete.

»Guten Tag, Kommissar. Entschuldigen Sie, dass Sie warten mussten. Es sieht so aus, als wäre der Fall nicht so einfach, wie es mir gestern Abend schien.«

»Inwiefern?«

»Der Mann ist nicht an einem Herzschlag gestorben. Nebenbei gesagt, er hieß Predrag Todorović. Ein pensionierter Klavierlehrer. Wir konnten niemanden von seinem Tod informieren. Er hat allein gelebt. Abgesehen von drei Katzen. Er hat seine Frau vor einigen Jahren verloren. Kinder hatten sie nicht.«

»Woran ist er denn gestorben?«

Am anderen Ende blieb es einige Augenblicke stumm.

»An nichts.«

Jetzt war es an mir, eine Zeit lang zu schweigen.

»Bitte?«

Der Doktor räusperte sich, ehe er fortfuhr.

»Sehen Sie, es gibt keine medizinische Ursache für den Tod des Herrn Todorović. Er hatte keinen Herzinfarkt, keinen Gehirnschlag und keine der gewöhnlichen Attacken, die einen Menschen plötzlich treffen können. Auch war er unerwartet gesund für sein Alter. Selbst viel Jüngere hätten ihn um seinen Gesundheitszustand beneiden können.«

»Aber er ist doch tot?« Ich hielt ein wenig inne. »Oder nicht?«

»O ja, das ist er. Mausetot! Und wäre er es nicht gewesen, als er gebracht wurde – die Autopsie hätte er schwerlich überlebt ...«

Ich runzelte die Stirn. Sein schwarzer Humor gefiel mir nicht. Aber der ist wohl unausweichlich bei so einer Tätigkeit wie der seinen.

»Und wie erklären Sie es sich dann?«

»Dafür gibt es keine einfache Erklärung.«

»Gibt es eine komplizierte? Die Leute sterben nicht grundlos. Es muss einen Grund geben!«

»Man könnte eine komplizierte Erklärung finden, wenn man seiner Fantasie freien Lauf ließe. Aber die wäre so unwahrscheinlich, dass ich sie mir verkneife.«

»Halten Sie sich nicht zurück. Fantasie bewegt die Welt.«

Er kicherte. »Ich denke, es geht um Geld.«

»Auch um Geld, natürlich. Also, ich höre.«

»Es gibt da bestimmte künstliche Substanzen, die tödlich wirken können, ohne eine Spur zu hinterlassen. Unter ihrer Wirkung hört der Mensch einfach auf zu leben. Er erlischt sozusagen, genauso wie dieser Herr Todorović. Äußerlich ohne Grund. Ich bin natürlich in der Praxis noch nie darauf gestoßen, aber ich kenne sie aus der Literatur.«

»Künstliche Substanzen?«

»Um sie herzustellen, braucht man ein sehr gut ausgestattetes Labor. Das kann man keinesfalls zu Hause machen. Zum Glück auch!«

»Aber warum wird so etwas überhaupt gemacht? Wer benötigt das denn?«

»Na, das müssten Sie schon beim Staatsschutz nachfragen. Ich bin nur ein gewöhnlicher Pathologe.«

Wieder vergingen einige Augenblicke in Schweigen.

»Der Staatsschutz soll zu tödlichen Substanzen greifen, um einen pensionierten Klavierlehrer mit drei Katzen aus dem Weg zu schaffen, der in eine Buchhandlung geht, um sich ein bisschen aufzuwärmen?«

»Ich habe Ihnen ja gesagt, die Erklärung ist ziemlich unwahrscheinlich!«

»Wollen Sie das als Todesursache in die Papiere schreiben?«

»Natürlich nicht.«

»Was werden Sie denn schreiben?«

»Das, was ich mit Sicherheit weiß: Todesursache unbekannt.«

»Und das genügt?«

»Ja, außer, wenn …«

»Wenn was?«

»Außer, wenn sich in Kürze ein neuer Todesfall ohne Ursache ereignet.«

3.

Eine Viertelstunde vor acht betrat ich die Buchhandlung. Obwohl bald geschlossen wurde, befanden sich noch etwa ein Dutzend Kunden im Laden. Die meisten standen an den Regalen, die Titel auf den Buchrücken lesend oder in einem herausgezogenen Buch blätternd. Drei Sessel waren besetzt. Ich sah mir die Leute an, die darin saßen. Niemand machte den Eindruck, als schliefe er. Fräulein Gavrilović war an der Kasse beschäftigt, vor der zwei Käufer standen.

Ich ging zu dem nächstbesten Regal und nahm wahllos ein Buch heraus. Dann ging ich zu dem freien Sessel, knöpfte meinen Mantel auf und setzte mich. Die Federn waren schon ausgeleiert, sodass ich tief einsank. Meine Knie befanden sich in Höhe des Bauchnabels. Erst als ich saß, merkte ich, dass ich in jenem Sessel saß, in dem am Abend zuvor Herr Todorović gestorben war. Ohne Grund.

Ich öffnete das Buch in der Mitte, doch ich blickte über die Zeilen hinweg. Die Schlange vor der Kasse war inzwischen doppelt so lang. Ich versuchte abzuschätzen, wer von den Leuten in den Sesseln wegen eines Buchs gekommen war und wer sich nur aufwärmen wollte. Eine Frau mit grau meliertem Haar, grauem Mantel und Kappe war offenbar ziemlich kurzsichtig. Sie hielt sich einen dünnen Band direkt vor die Augen, sodass er ihr Gesicht verdeckte. Ein Herr in kariertem Sakko und mit einer nicht angesteckten Pfeife in der Hand wendete rasch die Blätter eines Buchs mit vielen Illustrationen um. Ein junger Mann mit einem langen, grellroten Schal und einem auffälligen Ring am linken Ohr las eifrig konzentriert.

Als Fräulein Gavrilović unmittelbar vor acht Uhr mit sanft erhobener Stimme verkündete, dass sie in Kürze schließen werde, standen der Herr mit der Pfeife und der junge Mann sofort auf. Der junge Mann ging zur Kasse, während der ältere Herr nicht ohne Mühe das große, dicke Buch in die höchste Reihe des Regals neben ihm zurückstellte. Dann nahm er seinen Mantel vom Garderobenständer neben dem Eingang und ging ohne Zögern hinaus.

Die Frau mit dem grau melierten Haar ließ das Buch erst sinken, als niemand mehr an der Kasse war. Sie steckte es in die große Tasche, die sie im Schoß hielt, und wandte sich zur Tür. Sie ging langsam, als wäre sie nicht erfreut darüber, die Wärme und das Licht der Buchhandlung gegen den dunklen, windigen Novemberabend auf der Straße eintauschen zu müssen.

Wieder einmal hatte ich mich geirrt. Die Frau war mir am wenigsten zweifelhaft vorgekommen. Ich war überzeugt gewesen, der junge Mann sei aus anderen Gründen hier, doch er hatte als Einziger ein Buch gekauft. So ist das, wenn man sich von Vorurteilen leiten lässt! Ich würde niemals einen Ohrring tragen, aber ein guter Polizist darf es sich nicht erlauben, dass ihn der eigene Geschmack zu einem Fehlurteil verleitet!

Als hinter der alten Dame das Geläut der Schellen über der Tür verhallt war, wandte ich mich der Inhaberin der Buchhandlung zu. Sie lächelte und kam zu mir. Ich stand auf und ergriff die mir gereichte Hand.

»Guten Abend, Herr Kommissar.«

»Guten Abend, Fräulein Gavrilović. Ich hoffe, die Kundin, die als Letzte hinausgegangen ist, hat das Buch bezahlt, das sie mitgenommen hat.«

»Es ist Ihnen nicht entgangen? Ja, natürlich. Ein erfolgreicher Kommissar muss eine ausgezeichnete Beobachtungsgabe haben.«

»Hätte ich eingreifen sollen?«

»Ich dachte, Sie widmen sich ernsthafteren Verbrechen als einem kleinen Diebstahl.«

»In den Pausen zwischen schwereren Verbrechen kommen auch kleine Diebstähle gelegen, damit man nicht aus der Übung gerät.«

»Es wäre ein Fehler gewesen einzugreifen. Das war kein Diebstahl. Sie hat diese Sammlung von Liebesgedichten bereits gekauft. Und mit dem Buch auch das Recht, hier zu sitzen und es zu lesen. Sie kommt regelmäßig jeden Donnerstagnachmittag her. Immer setzt sie sich in denselben Sessel. Wenn er zufällig besetzt ist, dann steht sie geduldig und beharrlich daneben, bis er frei wird.«

»Es scheint, diese Buchhandlung zieht Sonderlinge an.«

»Die Frau gehört zu den gemäßigteren. Wir haben auch weitaus schrulligere Besucher. Wissen Sie, wie wir sie nennen? Inoffiziell, natürlich.«

»Nein.«

Wieder lächelte sie, diesmal mit einem Anflug von Unbehagen.

»Patienten.«

»Dann haben sie wohl diese Bezeichnung verdient.«

»Urteilen Sie selbst: Ein anderer Kunde, der mindestens einmal pro Woche kommt, kauft immer wieder das gleiche Buch. So viele Exemplare, wie er vorfindet. Und das schon seit mehr als einem Jahr. Wir haben bereits fast hundertfünfzig Exemplare verkauft.«

»Ob es vielleicht der Autor ist?«

Sie lachte silberhell.

»Daran habe ich noch gar nicht gedacht. Aber warum sollte der Autor seinen Lesern das Vergnügen vorenthalten, sein Buch zu kaufen?«

»Oh, dafür kommen mindestens zwei Gründe infrage: Vielleicht ist er nicht zufrieden mit dem, was er geschrieben hat. Oder im Gegenteil, er ist mehr als zufrieden und glaubt, keiner außer ihm selbst sei würdig, sein Wunderwerk zu lesen.«

»Das wäre Eigenliebe ersten Ranges!«

»Es gibt wenige Schriftsteller, die sich der Bescheidenheit rühmen können.«

»So einem bin ich noch nicht begegnet. Und ich kenne sie ziemlich gut!«

»Weshalb fragen Sie diesen Kunden nicht einfach, ob er sein eigenes Buch kauft?«

»Weil das Leben nicht immer einfach ist. Im ›Papyrus‹ steht Diskretion an erster Stelle. Wir befassen uns nicht mit den Beweggründen der Kunden. Obwohl es mich manchmal schon reizt, sie zu erfahren. Zum Beispiel würde ich gern wissen, was in dem Kopf der Dame vorgeht, die stundenlang vor demselben Regal verbringt und dabei die Bücher in anderer Reihenfolge sortiert. Das tut sie so unauffällig wie möglich. Sie wartet jedes Mal so lange, bis sie glaubt, ich schaue nicht in ihre Richtung.«

»In anderer Reihenfolge?«

»Ja. Bei uns werden die Bücher nach Titeln einsortiert. Zuerst hatte ich gedacht, ihr gefiele es aus irgendeinem Grund besser, sie nach Autoren anzuordnen. Aber das war nicht so. Eine Zeit lang habe ich versucht, eine bestimmte Regel in ihrer Reihenfolge zu finden, aber erfolglos. Entweder ich bin nicht scharfsinnig genug, oder es gibt da keine Regelmäßigkeit.«

»Weshalb verbieten Sie ihr nicht, die Bücher durcheinanderzubringen?«

»Weil wir eine gute Kundin verlieren würden. Wenn sie ihre Macke befriedigt und die Bücher umgeordnet hat, kauft sie immer etwas, sogar mehrere Bände. Hauptsächlich teure

Ausgaben. Und das ist der Ausgleich für die kleine Unordnung, die sie hinterlässt, mehr als ein Ausgleich.«

»Könnte ich die Reihenfolge einmal anschauen?«

Sie sah mich vorwurfsvoll an. »Um zu beweisen, dass Sie schlauer sind als ich?«

Ich steckte in der Zwickmühle. »Keinesfalls. Ich habe nur gedacht …«

»Schon gut«, unterbrach sie mein Stottern. »Ich werde Sie bei nächster Gelegenheit anrufen. Dann werden wir ja sehen, wie findig Sie sind. Allerdings könnten Sie auch von Ihren Fähigkeiten als Detektiv enttäuscht werden. Aber Sie wären zumindest nicht der Einzige, der in dieser Buchhandlung nach dem verborgenen Sinn sucht.«

»So?«

»Unter unseren Patienten haben wir auch einen alten Mathematikprofessor. Er besucht uns ebenfalls regelmäßig, tut jedoch nichts heimlich. Er hat höflich um Erlaubnis gefragt, ob er forschen dürfe. Einmal hat er versucht, mir das Wesen dieser Forschung zu erklären, aber Mathematik war noch nie meine Stärke. Für mich ist schon eine Hypotenuse ein zu schwerer Begriff.«

»Ich liebe Zahlen.«

»Aber Sie haben Literatur studiert.«

»Das ist gar nicht so abwegig, wie es Ihnen scheinen mag.«

»Der Professor würde Ihnen jedenfalls zustimmen. Sein Notizbuch ist voller Zahlen und Symbole. Nach einem bestimmten Schlüssel zieht er Bücher aus dem Regal, blättert darin, bis er eine bestimmte Stelle findet, und dann macht er auf dem Taschenrechner irgendwelche Berechnungen. Das Ergebnis schreibt er auf, und dann macht er weiter. So geht das stundenlang. Er ist richtig besessen davon!«

»Und kauft er dann ein Buch?«

»Nein. Aber das ist auch nicht unbedingt nötig. Ihm gegenüber bin ich nachgiebig, er ist ein netter Mensch. Für mich ist er wie das Maskottchen des ›Papyrus‹. Die Kunden schauen ihn an, weil er aussieht wie Einstein. Ziemlich klein, wirres graues Haar, dichter Schnauzbart. Außerdem ist er so herrlich zerstreut. Manchmal sind seine Schuhbänder nicht zugeschnürt oder sein Mantel ist verkehrt geknöpft. Einmal kam er sogar in Pantoffeln. Im Schnee!«

»Ein Maskottchen bringt immer Vorteile mit sich.«

»Sicherlich. Aber man kann nicht alles nach dem Vorteil messen. Auf den ersten Blick würde ich sagen, den größten Vorteil haben wir von einem Patienten, der das ganze Gegenteil von einem Dieb ist. Aber er bereitet uns die größten Kopfschmerzen.«

»Das Gegenteil von einem Dieb?«

»So ist es. Er stiehlt keine Bücher, sondern bringt welche. Obwohl wir ihn sehr genau beobachten, schafft er es immer, heimlich mindestens eines seiner Bücher ins Regal zu stellen.«

»Und weshalb?«

»Wer weiß das schon? Zuerst dachten wir, er will sich nutzloser Sachen entledigen, und diese Art schien ihm besser, als sie wegzuwerfen. Aber unter den Büchern, die er uns dagelassen hat, waren tatsächlich auch wertvolle Ausgaben. Er war aufgebracht, als wir versuchten, sie ihm zurückzugeben. Er hat behauptet, es wären nicht seine. Doch wir konnten sie natürlich nicht behalten, weil wir sie nicht legal erworben hatten. Immer, wenn er hier war, brauchen wir viel Zeit, um herauszufinden, was er uns gebracht hat.«

Ich schaute mich in der menschenleeren Buchhandlung um.

»Das Aussehen kann ja täuschen. Als ich gestern zum ersten Mal hier war, kam mir dieser Ort harmlos vor.«

»Unser Laden ist keine Ausnahme. Jede Buchhandlung hat ihre Patienten. Und seien sie auch noch so absonderlich, im Grunde sind sie doch harmlos. Es wäre nicht nötig gewesen, noch einmal herzukommen.«

»Weshalb denken Sie, ich sei dienstlich hier?«

»Weil man nicht kurz vor Schließung in eine Buchhandlung kommt, wenn es nicht dienstlich ist. Außer, Sie sind wegen des Buches da, das ich im Verdacht habe.«

Sie wies auf den Band, den ich noch in der Hand hielt.

Ich setzte eine reuige Miene auf, ging zu dem Regal, dem ich das Buch entnommen hatte, und stellte es an seinen Platz zurück.

»Ich wollte sehen, ob die Nachricht über den gestrigen Vorfall, den die Klatschpresse veröffentlicht hat, böse Folgen hatte.«

»Ach, keineswegs! Wider Erwarten hatten wir wesentlich mehr Besucher als sonst. Die Welt, in der wir leben, ist nicht nur gleichgültig, sondern auch verdorben. Der Tod ist offenbar immer noch die beste Reklame. Ein Zyniker könnte wünschen, dass es so weitergeht.«

Ich warf einen Blick auf meine Armbanduhr.

»Es ist gleich halb neun. Entschuldigen Sie, dass ich Sie so lange aufgehalten habe. Würden Sie mir noch sagen, ob Sie vielleicht in Verbindung mit dem Herrn, der gestern Abend gestorben ist, etwas Ungewöhnliches bemerkt haben?«

»Etwas Ungewöhnliches?«

»Ob beispielsweise jemand zu ihm gegangen ist, ob er mit jemandem geredet hat?«

Sie dachte nach.

»Nein, soweit ich mich erinnere. Aber ich sagte Ihnen ja schon, ich habe nicht auf ihn geachtet. Vielleicht ist mir etwas entgangen. Warum fragen Sie? Sind irgendwelche Zweifel aufgekommen, was seinen Tod betrifft?«

»Nein, nein. Es gibt keine Zweifel. Alles ist klar. Das war nur eine Routineüberprüfung.«

Sie sah mich eine Zeit lang forschend an, sagte aber nichts.

»Gute Nacht, Fräulein Gavrilović. Ich verspreche, nächstes Mal jedenfalls nicht dienstlich zu kommen.«

»Es würde mich freuen. Mit Ihnen lässt es sich gut reden. Obwohl – hauptsächlich habe ich ja geredet. Sie verstehen es, Ihren Gesprächspartner zum Sprechen zu bringen.«

»Was wäre ich für ein Polizist, wenn ich das nicht könnte?«

»Gute Nacht, Herr Kommissar.«

4.

Ich hatte beide Hände am Lenkrad. Es ging nur schleppend vorwärts durch den morgendlichen Berufsverkehr, als das Handy klingelte. Fünfmal klingelte es, bis ich es endlich hervorgeholt und das Gespräch entgegengenommen hatte.

»Dejan, hier ist Jovan. Gerade hat Fräulein Vera Gavrilović aus der Buchhandlung ›Papyrus‹ angerufen. Du sollst dich gleich bei ihr melden. Dort gibt es offenbar wieder etwas Schlimmes. Sie hat ihre Handynummer hinterlassen. Hast du die schon?«

»Woher sollte ich sie haben?«

»Ich frag ja nur ... Vielleicht hast du sie dir geben lassen.«

»Dafür gab es keinen Grund. Ich dachte, die Sache wäre erledigt.«

»Selbst wenn – aber das ist offenbar nicht so –, ich hätte mir auf jeden Fall die Telefonnummer der Dame mit einer solchen Stimme geben lassen!«

»Das hätte dir gar nichts genützt. Die Dame mit dieser Stimme steht nicht auf Männer, die sich damit brüsten, dass sie keine Bücher lesen.«

»Seit wann ist es bei solchen Dingen wichtig, ob man Bücher liest?«

»Schon immer. Du hast es nur nicht bemerkt. Sag mir die Nummer.«

Nachdem er mir die Nummer durchgegeben hatte, unterbrach ich die Verbindung, nutzte eine Parklücke am Straßenrand und stellte das Auto ab. Ich telefoniere nicht gern während der Fahrt.

Sie meldete sich gleich nach dem ersten Klingelton.

»Hallo!«

»Fräulein Gavrilović? Hier ist Kriminalkommissar Dejan Lukić.«

»Danke, dass Sie mich so schnell angerufen haben.«

»Was ist passiert?«

»Ich fürchte, wir müssen uns wieder dienstlich sehen. Es gibt einen neuen Todesfall im ›Papyrus‹.«

Da ich eine Weile nichts erwiderte, fragte sie: »Sind Sie noch dran?«

»Ja. Entschuldigen Sie. Sagen Sie mir etwas mehr.«

»Ich weiß nicht viel. Vor einer Viertelstunde rief meine Kollegin an, die heute Morgen Dienst hat. Sie war ganz aufgelöst. Sie hat mir nur gesagt, es sei noch einer gestorben, dann musste sie auflegen, weil gerade der Rettungswagen kam, den sie zuvor gerufen hatte.«

»Ich bin in zehn Minuten da. Und Sie?«

»Ich sitze schon im Auto. Ich brauche etwa genauso lange, falls ich nicht im Stau stecken bleibe.«

Ich zog das Blaulicht aus der Kassette und befestigte es auf dem Autodach. Im Nu durchnässte der eisige Regen meinen Mantelärmel. Ich schaltete das Blaulicht ein, aber nicht die Sirene. Dieser Ton geht mir auf die Nerven.

Trotz dieses Vorteils traf ich später als Fräulein Gavrilović in der Buchhandlung ein. Sie stieg gerade aus dem Auto, das sie neben dem Rettungswagen geparkt hatte. Den Mantelkragen hochschlagend, rannte sie die kurze Strecke zum Eingang und erwartete mich dort.

»Als wäre dieser Tag nicht schon grässlich genug!«, sagte sie mit gequälter Miene.

Ich öffnete die Tür, ließ sie eintreten und ging auch selbst hinein. Die Sanitäter hoben gerade die Trage auf. Ich ging auf die junge Ärztin zu und zeigte ihr die Dienstmarke. Ich kannte sie nicht. Sie war blond, klein und füllig und für meinen Geschmack zu sehr geschminkt.

»Kriminalkommissar Lukić«, sagte ich. »Was haben Sie festgestellt?«

»Sie hätten nicht zu kommen brauchen, Kommissar. Ein gewöhnlicher Infarkt. Das ist schon der dritte seit heute Morgen. Ein gefährlicher Tag für Herzkranke. Heute wird es viel zu tun geben!«

»Sind Sie sicher?«

Ihre Augen blitzten auf. »Haben Sie einen Grund, an meiner Diagnose zu zweifeln?«

»Keineswegs. Verzeihen Sie.«

»Im Übrigen werden Sie den offiziellen Befund von der Autopsie erhalten, dann können Sie sich überzeugen.«

»Grüßen Sie Doktor Dimitrijević von mir.«

Sie sah mich kurz an, dann nickte sie wortlos und folgte den Sanitätern.

Ich ging auf den Verkaufstisch mit der Kasse zu. Fräulein Gavrilović stand dort mit einer Frau, die jünger als sie sein musste, obwohl sie älter wirkte. Wohl deshalb, weil alles an ihr klassisch war, die Frisur, die Art der Kleidung und die Haltung. Sie hatte kurzes, glattes schwarzes Haar, schmale Lippen und eine riesige Brille. Sie trug ein dunkles Dienstkostüm und flache Schuhe, keinen Schmuck. Im Unterschied zu der Ärztin schien sie überhaupt keine Schminke zu benutzen. Auch dieses Extrem gefiel mir nicht.

»Kommissar Lukić«, sagte Fräulein Gavrilović, »ich möchte Ihnen Fräulein Olga Bogdanović vorstellen. Wir sind beide Inhaberinnen des ›Papyrus‹.«

»Angenehm«, sagte Fräulein Bogdanović mit dem Anflug eines Lächelns, das ihren seriösen Gesichtsausdruck nicht wesentlich änderte. Ihr Händedruck war lasch. »Vera hat mir von Ihnen erzählt. Sie ist begeistert von Ihrem Hang zur Literatur. Aber als Polizist haben Sie versagt. Sie haben ihr versichert, in unserer Buchhandlung werde es keine Toten mehr geben.«

»Ich habe mich getäuscht. Anscheinend ist Ihr Laden keine typische Buchhandlung.«

»Das stimmt wohl. Aber es wäre nicht gut, wenn er nur der Toten wegen untypisch werden würde.«

»Auch Tote können von Nutzen sein. Man könnte sagen, sie bringen mehr Publikum ins Haus.«

»Haben alle Kommissare so einen morbiden Sinn für Humor?«

»Nicht alle. Nur solche, die der Literatur nahestehen.«

»Olga, ich bitte dich«, mischte sich Fräulein Gavrilović ein, »Kommissar Lukić ist nicht schuld an dem, was hier passiert ist. Er versucht, uns zu helfen.«

»Ich hoffe, damit sind nun Ihre Schwierigkeiten beendet. Erzählen Sie mir bitte, was geschehen ist.«

Sie schob mit dem Mittelfinger die Brille hoch bis an die Nasenwurzel.

»Die Frau war die erste Kundin, als ich um zehn Uhr geöffnet habe. Vormittags ist es hier nie voll, vor allem nicht bei so einem Regen.«

»Haben Sie sie schon jemals gesehen?«

»Ich denke, ja, aber nicht oft.«

»Ist noch jemand nach ihr hereingekommen?«

»Nein, erst die Rettungsleute. Besser, Sie heben Ihre Fragen für später auf, wenn ich Ihnen gesagt habe, was ich weiß. Diese Unterbrechungen stören mich.«

»Natürlich. Entschuldigen Sie.«

»Sie hat sich eine Weile im Regal umgesehen, dann hat sie ein Buch genommen und sich dorthin gesetzt.«

Sie zeigte auf den Sessel rechts von der Kasse.

»Darin ist auch der Herr vorgestern Abend gestorben«, sagte Fräulein Gavrilović.

»So ist es. Hätte sie das gewusst, dann hätte sie sicherlich einen anderen Sessel gewählt.«

»Vielleicht war sie nicht abergläubisch«, murmelte ich.

»Bitte?«, fragte Fräulein Bogdanović. Sie brauchte nicht erst ihre Stirn zu runzeln, um streng auszusehen.

»Nichts. Fahren Sie bitte fort.«

»Sie vertiefte sich ins Lesen, und ich hatte an der Kasse zu tun. Freitags haben wir am meisten mit der Buchhaltung zu tun. Es sind vielleicht zehn Minuten vergangen, bis ich wieder in ihre Richtung blickte. Mir war sofort klar, dass sie tot ist.«

»Haben Sie Erfahrung damit, zu beurteilen, ob jemand tot ist?«

»Dazu braucht man keine Erfahrung, wenn man sieht, der Kopf ist zurückgeworfen, der Mund ist offen und die Augen starren reglos zur Decke. Ein schrecklicher Anblick! Mir ist es kalt über den Rücken gelaufen!«

»Haben Sie keinen Laut gehört?«

»Hätte ich das sollen?«

»Ein Infarkt wird meist von einem Röcheln begleitet. Und das hört man.«

»Vielleicht ist die Arme nicht an einem Infarkt gestorben.«

»Die Ärztin meint das.«

»Aber Sie haben daran gezweifelt.«

»Wie könnte ein gewöhnlicher Kommissar am Befund eines Spezialisten zweifeln?!«

Fräulein Gavrilović verhinderte wiederum, dass zwischen uns ein Streit entbrannte.

»Herr Kommissar, ich habe gestern vergessen, Sie zu fragen, ob es bestätigt wurde, dass auch der Herr an einem Herzinfarkt gestorben ist.«

»Todorović. Predrag Todorović. Ein pensionierter Klavierlehrer.«

»So sah er irgendwie auch aus.«

»Ich habe noch keinen Bericht von den Pathologen bekommen.« Das war nur teilweise gelogen. Streng gesagt, war das Telefongespräch nicht offiziell gewesen, und etwas Schriftliches hatte ich noch nicht erhalten. »Sie sind bekanntermaßen langsamer, wenn kein Verbrechen vorliegt. Man muss sie verstehen. Sie haben sehr viel zu tun.«

»Ich könnte niemals Pathologe sein.« Fräulein Bogdanovićs mürrische Miene nahm den Ausdruck von Ekel an.

»Ich würde mich auch am liebsten nur mit Büchern beschäftigen. Dafür bin ich übrigens auch ausgebildet. Aber jemand muss ja die Dreckarbeiten machen! Und von denen wird offenbar nicht einmal die Welt der Bücher verschont!«

Fräulein Gavrilović ging zu dem Sessel, der bereits zwei Menschen auf dem Gewissen hatte.

»Ich frage mich, ob wir ihn vielleicht wegnehmen sollten. Die Kunden fangen an, ihn zu meiden, und nach diesem zweiten Todesfall wird sich niemand mehr daraufsetzen.«

»Wie haben Sie erfahren, dass Herr Todorović gerade hier gestorben ist?«, fragte ich und ging ebenfalls auf den Sessel zu.

»Ach, das hatte ich wohl erwähnt. Ich weiß es nicht mehr. Und so etwas macht schnell die Runde. Gestern blieb der Sessel während meiner gesamten Schicht leer. Wie war es bei dir, Olga?«

Fräulein Bogdanović blieb bei der Kasse stehen. »Ich glaube, genauso. Ich habe nicht darauf geachtet.«

Ich schaute Fräulein Gavrilović an. »Ganz leer ist er ja nicht geblieben.«

»Nein?«

»Nein. Erinnern Sie sich, dass ich etwa zehn Minuten darin gesessen habe?«

»Ach, ja. Aber Sie habe ich nicht gerechnet. Sie sind kein Kunde. Sie waren dienstlich hier.«

»Dieser feine Unterschied würde mir schwerlich helfen,

wenn dem Sessel etwas anhaftet, was einen Herzinfarkt hervorruft.«

Es herrschte Stille.

Als Erste ließ sich Fräulein Bogdanović vernehmen. »Aber das ist doch lächerlich! Wie sollte ein gewöhnlicher Sessel einen Herzinfarkt auslösen?!«

»Ich weiß nicht. Allerdings ist er das Einzige, was die beiden plötzlichen Todesfälle verbindet.«

»Warum haben Sie dann keinen Infarkt bekommen?«

»Vielleicht hat der Sessel mich verschont, weil ich so ein Faible für Literatur habe.«

Das Geräusch, das Fräulein Bogdanović von sich gab, glich dem Fauchen einer wütenden Katze.

»Ihr Verhalten ist völlig unangemessen!«, zischte sie durch die Zähne. Ihre zusammengepressten Lippen wurden zu einem dünnen Strich. »Die Unglücklichen, die hier verstorben sind, verdienen Ehrfurcht, aber keinen Spott!«

Sie drehte sich um und ging raschen Schrittes zu der Tür hinter der Kasse, die offenbar zu einem Hinterzimmer führte.

»Nehmen Sie es ihr nicht übel«, sagte Fräulein Gavrilović, als wir allein waren. »Das ist alles zu viel für Olga. Auch sie hat vorher nie einen Toten gesehen.«

»Ich bin schuld. Ich habe übertrieben. Anscheinend hat mich dieser Tag auch ziemlich mitgenommen.«

»Niemandem ist so etwas angenehm. Aber Spaß beiseite. Was, meinen Sie, sollen wir mit dem Sessel tun?«

»Nichts. Am besten, er bleibt da, wo er ist.«

»Es könnte sich jemand darauf setzen.«

»Sie haben gesagt, die Kunden meiden ihn.«

»Und wenn sich doch einer hinsetzt?«

»Dann beobachten Sie genau, was passiert. Und rufen mich auf der Stelle an. Sie haben ja meine Handynummer.«

Fräulein Gavrilović wollte noch etwas sagen, doch die Schellen an der Tür kamen ihr zuvor. Ein junger Mann und ein Mädchen betraten die Buchhandlung. Sie blickte nach der Tür zum Hinterzimmer, doch diese blieb verschlossen.

»Es ist Zeit zu gehen«, sagte ich, um ihr aus der Verlegenheit zu helfen. Und auch mir. Hätten wir das Gespräch fortgesetzt, so wäre ich bald mit Fragen konfrontiert worden, auf die ich keine Antworten parat hatte. »Auch ich habe Arbeit bis über beide Ohren! Ich warte, dass Sie sich melden ...«

Ich lächelte ihr zu und verließ den Laden.

5.

Beim Läuten des Telefons fuhr ich auf.

Ich war allein im Büro. Kollege Petronijević war bereits am frühen Nachmittag fortgegangen und hatte gesagt, er werde nicht zurückkommen. Draußen war die Dämmerung angebrochen. An meinem Schreibtisch war keine andere Beleuchtung eingeschaltet als die Lampe, die ein offenes Buch beschien.

»Hallo?«

»Guten Abend, Kommissar Lukić. Hier ist Doktor Dimitrijević. Ich habe nicht erwartet, Sie noch in Ihrem Büro anzutreffen.«

»Wie spät ist es?«

»Zwanzig nach sechs.«

»So spät schon? Wenn man arbeitet, merkt man nicht, wie die Zeit verfliegt.«

Ich steckte das Lesezeichen zwischen die Seiten und klappte das Buch zu.

»Ehe wir das Dienstliche besprechen, möchte ich Sie etwas fragen. Ich hoffe, Sie nehmen es mir nicht übel. Es ist eine persönliche Sache.«

»Ja, bitte?«

»Sind Sie verheiratet?«

Ich lachte.

»Wäre ich verheiratet, dann wäre ich wohl kaum noch hier. Weshalb fragen Sie?«

»Ich habe die Wette verloren.«

»Die Wette?«

»Irgendwie war ich überzeugt, dass Sie verheiratet sind. Meine falsche Annahme kostet mich eine große Nussschokolade ...«

»Und wer hat sie gewonnen?«

»Meine Kollegin Sonja Vidić. Sie haben sie am Vormittag gesehen.«

»Die Blondine?«

»Sie lässt sich offenbar nicht stereotyp einordnen. Unfehlbar hat sie eingeschätzt, dass Sie nicht verheiratet sind.«

»Woran hat sie das erkannt? Wir haben kaum ein paar Worte gewechselt.«

»Vielleicht anhand irgendwelcher Merkmale, für die nur Frauen ein Auge haben. Mir sind sie jedenfalls entgangen.«

»Ich nehme an, die Nussschokolade war ihr Vorschlag?«

»Ja. Woher wissen Sie das?«

»Für gewisse Dinge habe ich auch ein Auge. Besonders, wenn sie auffällig sind.«

»Jedenfalls hat sie sich bei der Beurteilung der Männer als geschickter erwiesen als bei der Diagnose.«

»Herzinfarkt?«

»Hm, hm!«

»Sie hat mich angeherrscht, als ich sie fragte, ob sie sicher sei.«

»Im Hinblick auf die Umstände können Sie ihr das nicht übel nehmen. Sie hat mich gebeten, Ihnen ihre Entschuldigung auszurichten.«

»Die nehme ich an, wenn ich dafür eine halbe Schokolade abbekomme. Sagen Sie ihr, dass ich ihr damit eigentlich auch einen Gefallen tue.«

Doktor Dimitrijević kicherte. »Ich denke, das lasse ich weg.«

»Die Todesursache ist wieder unbekannt?«

»Ich fürchte, ja. Frau Ljubica Mitić war zwar nicht so kerngesund wie Herr Todorović, doch ihre Krankheit hat ihr nur das Leben vergällt, es aber nicht bedroht. Sie litt an Rheuma und Asthma.«

»Was haben Sie über sie in Erfahrung gebracht?«

»Es gibt da einige Gemeinsamkeiten mit dem ersten Fall. Auch sie hat sich mit Kunst befasst. Sie hat gemalt. Vor und seit der Rente. Sie mochte auch Katzen, aber nicht so viele. Alles war bei ihr in der Einzahl vorhanden. Eine Katze, ein Mann, eine Tochter, die längst ihre eigene Familie gegründet hat.«

»Auch sie hat nicht wie jemand gewirkt, für den sich die Sicherheitsbehörden interessiert hätten.«

»Das stimmt.«

»Was werden Sie diesmal in den Totenschein schreiben?«

»Vorerst nichts. Die Rubrik für die Todesursache überspringe ich einfach. Ich denke, ich werde beim ›Papyrus‹ vorbeischauen und dort mal reinriechen. Vielleicht gibt es in der Buchhandlung etwas Gesundheitsschädigendes für Senioren mit künstlerischer Ader.«

»Von etwas so selektiv Schädigendem habe ich noch nichts gehört.«

»Ich auch nicht.«

Mein Handy klingelte.

»Einen Moment bitte.« Ich legte den Hörer auf dem Schreibtisch ab und griff in die Innentasche meines Sakkos.

»Hallo?«

»Kommissar Lukić?« Die Stimme von Fräulein Gavrilović war um mindestens eine Oktave höher als sonst.

»Was ist passiert?«

»Könnten Sie sofort kommen?«

»Hat sich jemand in den Sessel gesetzt?«

»Es ist noch einer tot.«

»Rühren Sie nichts an. Ich komme.«

Rasch steckte ich das Handy in die Tasche und hob den Hörer auf.

»Da ist schon der Grund, dass Sie sich augenblicklich zur Buchhandlung begeben. Wir haben einen dritten Toten.«

6.

Gleich, als ich die Buchhandlung betrat, warf ich einen Blick auf den verhängnisvollen Sessel. Darin saß eine Frau mittleren Alters mit einem feschen Hütchen und einem Buch im Schoß. Sie war verwirrt und erschrocken, aber jedenfalls nicht tot.

Ich schaute mich im »Papyrus« um. Noch nie hatte ich die Buchhandlung so voll gesehen. Es mussten mindestens zwanzig Besucher sein, die auch alle sehr lebendig aussahen. Das Gemurmel, das von ihnen ausging, verstummte plötzlich, und die Blicke richteten sich auf mich. Dann begann die Menge Platz zu machen und mir Durchlass von der Tür nach links zu einem entfernten Regal zu gewähren. Noch ehe ich alles genau erkennen konnte, sah ich dort einen Körper auf dem Fußboden liegen und um ihn herum eine Vielzahl von Büchern.

Als ich durch das Spalier schritt, fiel mir auf, dass ich mir eigentlich Sorgen machen müsste: Ich war überzeugt, überhaupt nicht wie ein Kriminalkommissar auszusehen, aber alle hatten mich ohne große Mühe als einen solchen erkannt. Offenbar hatte ich eine falsche Vorstellung von mir. Ich hätte ja auch geschworen, niemand würde mir ansehen, dass ich nicht verheiratet bin, aber diese Ärztin hatte nur einen Blick gebraucht, um mich ganz richtig einzuschätzen.

Fräulein Gavrilović stand der Leiche am nächsten. Sie wirkte gefasster, als ich erwartet hatte.

»Niemand hat etwas berührt«, sagte sie leise, als ich zu ihr trat. »Ich habe die Besucher gebeten, bis zum Eintreffen der Polizei hierzubleiben. Ich hoffe, ich habe richtig gehandelt.«

Ich lächelte ihr zu. »Sie haben sich hervorragend verhalten! Wenn Sie sich entschließen, die Buchhandlung nach alledem aufzugeben, dann werde ich für Sie eine Anstellung bei der Polizei finden ...«

Sie erwiderte mein Lächeln, doch gleich darauf wurde ihr Gesicht wieder ernst.

Noch bevor ich mich neben dem Körper niederhockte, erkannte ich den jungen Mann. Ein großes Buch verdeckte teilweise sein Gesicht und den Ohrring, aber da war noch der grellrote Schal, der einem breiten Blutband glich. Ich schob die Finger unter den Wollschal und tastete nach der Schlagader am Hals. Ich spürte nichts.

Dann schaute ich über die verstreut liegenden Bücher und richtete den Blick auf das Regal. Die oberen Reihen waren teilweise leer. Ich stand auf, zog den Mantel aus und bedeckte damit die Leiche. Ringsum herrschte Stille.

»Wir müssen den Sessel rehabilitieren«, sagte ich zu Fräulein Gavrilović. »Was ist passiert?«

»Ich weiß nicht genau«, antwortete sie niedergeschlagen. »Ich hatte meine Aufmerksamkeit ganz auf die Dame gerichtet, die sich in den Sessel gesetzt hat. Das hatten Sie mir doch aufgetragen, nicht wahr?«

Ich nickte.

»Dann war so eine Art Aufruhr zu hören und die Bücher fielen herunter. Zuerst hatte ich gedacht, ein Regal wäre umgefallen. Obwohl das natürlich unmöglich ist. Erst als ich näher kam, sah ich den jungen Mann auf dem Fußboden.«

»Er war auch gestern Abend hier.«

»Das stimmt. Er war ein Stammkunde. Student der Veterinärmedizin. Er las so gern Gedichte.« Sie begann zu schluchzen. »Das ist schrecklich ...«

Ich legte ihr die Hand auf die Schulter. Ich wusste, ich musste etwas sagen, aber mir fiel nichts Passendes ein. In meiner Verwirrung tat ich etwas Überflüssiges. Ich zog meine Dienstmarke heraus und hob sie hoch – als wüssten nicht schon alle, dass die Polizei eingetroffen war!

»Kriminalkommissar Lukić. Ich danke Ihnen, dass Sie geduldig gewartet haben, bis ich gekommen bin. War jemand in der Nähe, als der junge Mann gestürzt ist?«

Einige Sekunden sahen sich die Besucher schweigend an. Dann räusperte sich ein junges Mädchen. Sie war klein gewachsen, mit ganz kurzem schwarzem Haar und Stupsnase, auffällig bunt gekleidet. Sie hatte einen Kaugummi im Mund.

»Ich habe neben ihm gestanden.« Sie zeigte auf die Stelle, wo unter meinem Mantel die Füße des jungen Mannes hervorlugten. »Hier.«

»Haben Sie gesehen, was los war?«

»Er hat plötzlich mit den Armen gerudert, als hätte er einen Anfall oder so was. Dann hat er die Bücher vom Regal runtergerissen und ist hingestürzt.«

»Einfach so aus heiterem Himmel?«

»So hat es ausgesehen.«

»Was hat er vorher getan?«

»Er hat irgendein Buch angeschaut.«

»Hat er mit jemandem gesprochen? Ist jemand zu ihm gekommen?«

Sie schüttelte den Kopf. »Ich glaube nicht.«

Von der Tür erscholl der scharfe Ton der Türschellen, und Doktor Dimitrijević trat ein in Begleitung zweier Sanitäter. Der eine trug eine zusammengeklappte Bahre.

»Ich möchte Sie bitten«, sagte ich mit erhobener Stimme, »die Buchhandlung zu verlassen. Wir müssen den Tatbestand aufnehmen.« Ich blickte das schwarzhaarige Mädchen an. »Ich danke Ihnen.«

»Ist er tot?«, fragte sie verunsichert.

»Ja, leider.«

Ihre Augen füllten sich mit Tränen. Sie schien noch etwas sagen zu wollen, fand aber keine Worte. Sie nahm den Kaugummi heraus und behielt ihn zwischen den Fingern, dann machte sie kehrt und schloss sich der überwiegenden Zahl der Besucher an, die murmelnd zum Ausgang strebten. Nur zwei gingen an die Kasse zu Fräulein Gavrilović, um Bücher zu bezahlen, die sie sich ausgesucht hatten.

Doktor Dimitrijević reichte mir den Mantel.

»Ich denke, der gehört Ihnen.«

Ich nickte, nahm den Mantel und legte ihn auf einen der Sessel. Ich blieb daneben stehen, mein Blick wanderte durch die leer gewordene Buchhandlung, die nun wesentlich größer wirkte.

Bald darauf kam Fräulein Gavrilović zu mir. Nachdem sie den letzten Kunden hinausbegleitet hatte, drehte sie das Schild an der Tür um, sodass nun von der Innenseite zu lesen war: GEÖFFNET. Sie sah mich lange an, sagte aber nichts, obwohl ihr offensichtlich etwas auf der Zunge lag. Wahrscheinlich schien es ihr unangemessen, etwas zu sagen, solange der Arzt bei dem verstorbenen jungen Mann hockte.

Nach einigen Minuten erhob er sich und gab den Sanitätern ein Zeichen. Sie klappten die Trage auseinander. Der Doktor trat zu uns.

»Wenn dies der erste Fall wäre, hätte ich gewettet, es sei ein Herzinfarkt.«

»Ein Herzinfarkt – bei einem so jungen Menschen?«, fragte ich.

»Sie können sich gar nicht vorstellen, wie viele junge Leute Probleme mit dem Herzen haben!«

»Aber Sie zweifeln, dass es vom Herzen kommt?«, fragte Fräulein Gavrilović.

Doktor Dimitrijević sah mich an.

»Zuerst hat es auch bei den beiden anderen nach einem Infarkt ausgesehen«, sagte ich zu Fräulein Gavrilović. »Aber es war keiner.«

»Und woran sind sie dann gestorben?«

Es verging eine Weile, ehe ich antwortete. »Das ist noch nicht festgestellt.«

»So wird es wohl auch diesmal sein«, meinte der Doktor. »Vielleicht gibt es etwas außergewöhnlich Ungesundes in Ihrer Buchhandlung, gute Frau.«

»Fräulein«, verbesserte ich ihn. »Fräulein Gavrilović. Entschuldigen Sie, ich habe versäumt, Sie vorzustellen.«

Der Doktor streifte die Plastikhandschuhe ab und reichte ihr die Hand. »Angenehm. Doktor Dimitrijević.«

»Etwas außergewöhnlich Ungesundes, Doktor?«

»Drei Todesfälle in drei Tagen können wohl kaum ein Produkt des Zufalls sein. Noch dazu Todesfälle, deren Ursache wir nicht bestimmen können.«

»Aber ...«, brachte sie hervor, dann hielt sie kurz inne. »Aber was könnte das sein ... ungesund ... in einer Buchhandlung?«

»Aufrichtig gesagt, ich habe keine Ahnung. Ich möchte Ihr Geschäft ein wenig untersuchen. Natürlich, wenn Sie einverstanden sind.«

»Selbstverständlich. Wann wollen Sie das tun?«

»Sofort, wenn Ihnen das recht ist. Sie werden doch ohnehin bald schließen, nicht wahr?« Er wies auf die schwarze Tasche, die er auf dem Fußboden abgestellt hatte. »Ich habe die ganze Ausrüstung dabei.«

»Wie lange werden Sie brauchen?«

Er schaute auf seine Armbanduhr. »Jetzt ist es Viertel nach sieben. Ich würde mich längstens bis halb neun hier aufhalten. Stört es Sie, wenn ich beim Arbeiten allein sein möchte?«

»Keineswegs. Ich werde um halb neun wieder hier sein, um die Buchhandlung abzuschließen.«

»Bezieht sich das auch auf mich?«, fragte ich.

»Ich bitte Sie darum. Vielleicht könnten Sie auch um halb neun wiederkommen?«

»Gern«, sagte ich.

Der Arzt wandte sich an die Sanitäter, die inzwischen die Leiche des jungen Mannes auf die Trage gelegt und mit einem grünen Tuch bedeckt hatten. Er nickte ihnen nur kurz zu. Das war nun schon Routine im »Papyrus«. Sie hoben die Trage an und gingen zur Tür.

»Entschuldigen Sie mich für einen Augenblick«, sagte Fräulein Gavrilović und ging ins Hinterzimmer.

Ich nahm meinen Mantel vom Sessel und zog ihn an.

»Wonach werden Sie suchen?«, fragte ich den Doktor mit gedämpfter Stimme.

Er sah mich einen Moment an und zuckte die Schultern. Fräulein Gavrilović kam in einem schwarzen Mantel zurück. Über dem Arm hielt sie einen Regenschirm.

»Wir sehen uns um halb neun, Doktor«, sagte sie und sah mich fragend an.

Gleichzeitig begaben wir uns zum Ausgang. Ich öffnete die Tür, ließ ihr den Vortritt und ging nach ihr hinaus.

Einen Augenblick blieben wir vor der Buchhandlung stehen. Gegen den Regen, der unerbittlich herabrann, schützte uns ein kleines Vordach. Dann begannen wir beide im selben Moment mit den gleichen Worten.

»Wollen wir …«

Verwirrt schwiegen wir.

»Entschuldigen Sie«, unterbrach Fräulein Gavrilović als Erste die Stille.

»Ich habe Sie unterbrochen.«

»Nein, ich Sie.«

»Ich wollte Sie fragen, ob Sie womöglich Gesellschaft brauchen bis halb neun.«

Sie lächelte erfreut. »Das wäre mir angenehm. Möchten

Sie vielleicht einen Tee trinken? Oder ist das ein kränkendes Angebot für einen Kriminalkommissar?«

»Trotz des weitverbreiteten Vorurteils trinken Kriminalkommissare sehr gerne Tee. Besonders wenn sie auch Literatur mögen.«

»Ich kenne eine ausgezeichnete Teestube in der Nähe.«

Sie spannte den Regenschirm auf und reichte ihn mir. Er war klein, sodass wir eng nebeneinandergehen mussten, um nicht nass zu werden.

7.

Die Teestube hatte nur vier kleine Tische. An einem saß ein jüngeres Paar. Sie steckten die Köpfe zusammen und schwatzten und kümmerten sich überhaupt nicht um die neuen Gäste. Drinnen war es warm, es herrschte Halbdunkel, und eine Vielzahl von Kräuterdüften erfüllte die Luft, trafen aufeinander, überlagerten, ergänzten, berauschten sich.

Wir wählten einen Tisch in der Ecke. Darauf stand eine Lampe mit dunkelrotem Schirm und daneben eine Etagere mit verschiedenen Zutaten, die zum Tee gehören. Wir hängten die Mäntel an dem nahen Garderobenständer auf und setzten uns.

Ein kleiner, schielender älterer Mann mit Schlitzaugen, angegrautem, bereits schütterem Haar und rheumatischen Bewegungen kam zu uns. Die schmalen Hosen und der Blazer, geschlossen bis obenhin, waren von gleicher Farbe wie der Lampenschirm. Er verbeugte sich und lächelte Fräulein Gavrilović zu.

»Guten Abend. Willkommen. Heute etwas früher?« Seine Worte klangen gedehnt und so, als endeten sie alle mit einem Ausrufezeichen.

»Guten Abend«, erwiderte Fräulein Gavrilović, ebenfalls lächelnd. »Wir haben früher geschlossen.«

Der alte Mann verbeugte sich wieder.

»Nicht viel Kunden, wenn Regen? Auch leer hier. Und Tee am besten bei kaltes Wetter. Tee und Buch. Aber Leute nicht wissen, was gut.« Er seufzte. »Wie immer für Sie? Und was wünschen der Herr? Dasselbe vielleicht? Sprichwort sagt, wenn zwei, muss trinken dasselbe Tee.«

Er blickte mich an und ich Fräulein Gavrilović. Mir schien, als wäre sie errötet, doch es war wohl eher der dunkelrote Schein der Lampe.

»Ich empfehle Ihnen Feigentee«, sagte sie. »Es sei denn, Sie haben einen anderen Wunsch. Hier erfüllt man Ihnen fast jeden.«

»Sollen wir das Sprichwort Lügen strafen? Außerdem, Feigentee habe ich noch nie getrunken.«

Mit einer erneuten Verbeugung entfernte sich der Alte.

»Ich gehe häufig nach der Arbeit hierher. Diese Teestube habe ich durch Zufall entdeckt. Sie ist vor etwa anderthalb Jahren eröffnet worden. Vorher mochte ich keinen Tee. Jetzt bin ich davon abhängig.«

»Ich trinke auch gern Tee. Lindenblütentee. Manchmal denke ich, ich sollte mal auf eine andere Sorte umsteigen. Aber die Macht der Gewohnheit siegt. So ist das, wenn ein Mann allein lebt.«

Sie sah mich eine Weile wortlos an.

»Sie sind nicht verheiratet, nicht wahr?«, fragte sie schließlich. Ihre Stimme war etwas leiser geworden.

»Man hat mich heute schon einmal so eingeschätzt. Sieht man das wirklich so sehr?«

Lächelnd nickte sie.

»Ich möchte doch wissen, woran.«

Sie wies auf meine rechte Hand.

»Sie tragen keinen Ehering.«

Ich hätte mir an die Stirn schlagen mögen. So weit reichte also mein Scharfsinn als Detektiv!

»Das bedeutet gar nichts«, versuchte ich mich aus der Klemme zu ziehen. »Vielleicht trage ich ihn ja nur, wenn ich bei meiner Ehefrau bin?«

»Sie hätten es nicht nötig, zu solch billigen Tricks Zuflucht zu nehmen! Der Ehering wäre kein Hindernis. Ganz im Gegenteil. Manche Frauen würden ihn als Herausforderung betrachten.«

»Sollte ich deshalb einen anstecken?«

Sie lachte.

»Dann brauchten Sie nicht zu erklären, warum Sie nicht verheiratet sind.«

»Das muss ich auch so nicht.«

»Stimmt, Sie müssen nicht. Aber vielleicht würden Sie es freiwillig tun?«

»Sieht man mir das auch an?«

Sie blickte nachdenklich auf mich und schüttelte den Kopf.

»Kommissare sind nicht gerade die begehrtesten Männer. Ihre Ehen sind in der Regel nicht von langer Dauer.«

»Auch dann nicht, wenn sie eine literarische Ausbildung haben?«

»Dann erst recht nicht. Diese Kombination ist irgendwie unnatürlich. Sie wirkt abschreckend auf Frauen, die trotz allem keine Vorurteile gegen Polizisten hegen, und in gleichem Maße auch auf solche, die etwas für belesene Männer übrighaben.«

Ich schwieg einen Augenblick. »Würden Sie, sagen wir, so einen heiraten?«

Die Rückkehr des alten Mannes verschonte Fräulein Gavrilović vor der Beantwortung dieser Frage.

»Feigentee«, sagte der Alte und stellte eine Porzellankanne und zwei Teetassen vor uns hin. »Sehr gut für Erzählen. Leute werden munter, wenn trinken.«

Er goss uns eine dampfende grünliche Flüssigkeit in die Tassen. Feigenduft überwog in dem Gemisch von Aromen, die uns umgaben.

Danach folgte seine unausweichliche Verbeugung. »Wohl bekommen!« Lächelnd zog sich der Alte zurück.

»Gestatten Sie?«, fragte Fräulein Gavrilović und wies auf die Etagere auf dem Tisch.

»Bitte sehr.«

Sie hob die Deckel dreier einzelner Gefäße. Mit winzigen Löffeln nahm sie aus dem einen ein wenig orangefarbenen Puder, aus dem nächsten etwas, das mir vorkam wie brauner Zucker, und aus dem dritten einen Schnitz einer getrockneten schwarzen Pflanze. Während sie das alles in meiner Tasse mischte, wurde der grünliche Tee gelbbraun. Sie lachte, als sie sah, wie ich die Stirn runzelte.

»Ich habe lange die verschiedenen Zutaten ausprobiert, bis ich diese Variante gefunden habe. Das Aussehen sollte Sie nicht täuschen. Ich bin überzeugt, dass er Ihnen schmecken wird!«

Ich hob die Tasse, aber sie fasste mich sanft am Arm, ehe ich sie zum Mund führen konnte.

»Sie müssen warten, bis er sich ein wenig abgekühlt hat. Tee darf man nie zu heiß trinken.«

Ich stellte die Tasse wieder hin, und sie zog die Hand zurück.

»Und was ist Ihre Erklärung?«, fragte ich.

»Meine Erklärung?«

»Dafür, dass Sie nicht verheiratet sind.«

»Ach so.« Sie blickte in ihre Teetasse, während sie mit dem Löffelchen umrührte. »Die Buchhandlung natürlich. Sie lässt mir nicht viel Zeit für andere Dinge.«

»Wer hätte das gedacht?! Ich habe geglaubt, das gilt nur für die Arbeit bei der Polizei.«

»Auch für mich hat alles anders ausgesehen, als ich vor sieben Jahren mit Olga den Laden eröffnet habe.«

»Was ist anders, als Sie es sich vorgestellt hatten?«

»Ich dachte, eine Buchhandlung zu führen sei ideal. Ich dachte, das sei eine künstlerische Arbeit, dabei ist es überwiegend eine kommerzielle. Manchmal habe ich den Eindruck, sie unterscheidet sich nicht von einem Krämerladen, zumindest was den Papierkram betrifft.«

»Ich beneide Sie um diesen Krämerladen!«

Sie warf mir einen kurzen, warmen Blick zu und richtete ihn dann wieder auf den Strudel in der Teetasse.

»Wir wollten aus dem ›Papyrus‹ einen Literatursalon machen. Daher auch die Sessel. Es waren anfangs sogar acht. Aber statt eines ausgewählten Publikums bekamen wir Patienten.«

»Haben Sie mal daran gedacht, etwas anderes zu machen?«

»Nein. Trotz aller Unzulänglichkeiten liebe ich meine Arbeit in der Buchhandlung. Das geht einem ins Blut.«

»So weit, dass Sie dafür Ihr Privatleben opfern?«

Die Wärme in ihrem Blick ging verloren.

»Das könnte ich Sie genauso fragen. Was verbindet Sie so sehr mit der Arbeit bei der Polizei, wenn sie Ihnen das Privatleben raubt?«

»Wie Sie sagten, es geht einem ins Blut.«

Wir versanken in Schweigen. Das junge Paar am Nebentisch stand auf und ging zur Tür. Als sie fort waren, blieb als einziges Geräusch in der Teestube das Klappern des Löffelchens in der Tasse.

Bald hörte sie auf zu rühren.

»Ich denke, er ist genügend abgekühlt. Sie können ihn kosten.«

Vorsichtig schlürfte ich die bräunliche Flüssigkeit.

»Das ist der beste Tee, den ich bisher getrunken habe!«

Wieder strahlte sie.

»Das freut mich.«

Ich nahm einen größeren Schluck und noch einen. Wäre ich allein gewesen, ich hätte sofort die Tasse leer getrunken. So aber setzte ich sie nur ungern wieder ab.

»Wissen Sie«, sagte ich, »das mit den Patienten ist gar nicht so schlecht. Da fehlt es wenigstens nicht an Aufregung.«

»Oh, keinesfalls. Die gibt es im Überfluss! Und besonders jetzt, mit diesen Todesfällen.« Sie hielt inne, und ihre Miene wurde ernst. »Glauben Sie, dass wir schließen müssen?«

»Weshalb?«

Sie zögerte ein wenig. »Na ...wenn das so weitergeht ...«

»Das wird nicht so weitergehen. Sie haben den Durchschnitt an Sterbefällen in einer Buchhandlung schon reichlich überschritten.«

»Aber wenn der Arzt etwas findet?«

»Was sollte er denn finden?«

»Ich weiß nicht. Aber er sucht doch nach etwas, nicht wahr?«

Ich warf einen Blick auf meine Armbanduhr. »In zwanzig Minuten werden wir erfahren, ob er gefunden hat, wonach er sucht.«

»Vielleicht hätten wir ihn in der Buchhandlung nicht allein lassen sollen.«

Ich lachte. »Keine Angst, ihm droht keine Gefahr. Pathologen sterben nicht einmal in Detektivromanen. Aber wenn wir schon dabei sind, würde ich Sie gern etwas fragen.«

»Ja?«

»Gibt es Gründe, dass Sie noch länger im Laden bleiben, wenn Doktor Dimitrijević gegangen ist?«

»Ich bleibe mindestens noch eine halbe Stunde dort. Ich muss den Papierkram erledigen und auch die Bücher ordnen, die da verstreut liegen. Warum fragen Sie?«

»Würde es Sie stören, wenn ich Ihnen dabei Gesellschaft leiste? Ich will versuchen, ein Buch zu finden.«

»Ihre Gesellschaft wäre mir angenehm. Es ist nicht mehr erfreulich, allein in der Buchhandlung zu sein. Ich werde Ihnen gern helfen. Wir haben ein Verzeichnis aller Bücher im Computer. Welches suchen Sie?«

Ich seufzte. »Ich weiß es nicht.«

Sie sah mich verdutzt an.

»Sie wissen den Titel nicht?«

»Nein.«

»Und den Namen des Autors?«

»Auch nicht.«

»Aber wie würden Sie es dann finden?«

»Ich würde es erkennen, wenn ich es sehe.«

»Da kann der Computer nicht helfen.«

»Das scheint mir auch so.«

»Wissen Sie wenigstens etwas über das Buch, nach dem Sie suchen?«

»Es ist ein Detektivroman, denke ich.«

»Davon haben wir nicht viele, außer wenn es anspruchsvolle Literatur ist. Darüber haben wir schon geredet.«

»Ich weiß nicht, ob das, was ich suche, zur anspruchsvollen Literatur gehört oder nicht.«

»Haben Sie es früher einmal gelesen?«

»Ich würde sagen, ja.«

»Sie würden sagen?«

Ich hob die Tasse und trank den Tee aus.

»Das muss Ihnen alles verwirrend vorkommen.«

»Vielleicht versuchen Sie mal, es mir zu erklären.«

»Ich kann es versuchen, aber ich bin nicht sicher, ob es Ihnen dadurch viel klarer wird. Mir ist es ja selbst nicht klar. Alles hat angefangen, als wir das erste Mal miteinander gesprochen haben. Als Sie nach dem ersten Todesfall die Polizei gerufen haben. Erinnern Sie sich?«

»Wie könnte ich das vergessen?!«, erwiderte sie lächelnd.

»Noch während ich Ihnen zuhörte, hatte ich einen merkwürdigen Eindruck. So als hätte ich schon einen Augenblick vorher gewusst, was Sie sagen werden, noch ehe Sie es ausgesprochen hatten.«

»Als hätten Sie es schon gesehen?«

Ich zog die Brauen hoch und schüttelte den Kopf.

»Eher so, als hätte ich es schon gelesen.«

»Von so einer Erscheinung habe ich noch nie gehört.«

»Ich auch nicht. Aber jedenfalls war es mir so vorgekommen. Als sagten Sie Worte aus einem Buch, das ich schon gelesen habe.«

»Wie hätte das sein können? Ich lese doch keine Detektivromane!«

»Ich lese auch nicht viele, und doch war mir, als wäre das, was ich gerade sagte, auch aus diesem Buch.«

Sie trank ein wenig Tee. Ihre Tasse war noch mehr als halb voll.

»Vielleicht sollten Sie diesem einen seltsamen Eindruck nicht zu viel Bedeutung beimessen. Ich selbst erlebe auch manchmal etwas, was ich schon gesehen habe, aber ich gehe darüber hinweg. Was soll man sonst tun?«

»Es war nicht nur ein Eindruck.«

»Nicht?«

»Nein. Alles, was nach unserem ersten Gespräch passiert ist, kam mir vor wie bereits gelesen. Auch das hier in der Teestube.«

Sie schaute mir in die Augen.

»Da bin ich womöglich eine Heldin aus einem Schundroman?!«, sagte sie wiederum lächelnd.

»Kommt Ihnen das wie ein Schundroman vor?«

An ihrer Miene sah man, dass sie zögerte, was sie sagen sollte. Schließlich wich sie einer Antwort aus.

»Es bleibt Ihnen nichts weiter übrig, als sich in der Buchhandlung auf die Suche zu machen. Ich hoffe, Sie finden dieses rätselhafte Buch. Ich würde es gern lesen, ganz gleich, ob es anspruchsvolle Literatur ist oder Schund.«

Sie hob noch einmal die Tasse und trank den Tee aus.

»Wir müssen gehen«, sagte sie, als sie die Tasse wieder hingestellt hatte, und wandte sich dem Alten zu. Er werkelte eifrig hinter der Theke herum, dennoch merkte er irgendwie, dass sie ihn ansah. Sofort kam er in schwankendem Gang an unseren Tisch. Als er bei uns war, zückte ich das Portemonnaie, doch er schüttelte den Kopf.

»Herr muss zahlen nicht. Erstes Mal hier. Dann wiederkommen. Hoffe, Feigentee war gut. Und gut erzählt?«

»Sehr gut«, sagte Fräulein Gavrilović und warf ihm einen kurzen Blick zu. »Der Feigentee hat uns wirklich zu einem interessanten Gespräch angeregt.«

Der Alte verbeugte sich zweimal und grinste.

»Bin froh. Sehen bald wieder.«

Als wir uns erneut unter ihren Schirm drückten, fasste sie mich unter. Dadurch war wohl etwas mehr Platz.

8.

Während ich den Schirm vor dem Eingang abschüttelte, betrat Fräulein Gavrilović die Buchhandlung. Ich ging nach ihr, und als ich die Tür schloss, klingelten die Schellen erneut.

Sie wandte sich zu mir um und sah mich verdutzt an. Ich brauchte einen Moment, um den Grund dafür zu verstehen. In der Buchhandlung war niemand.

Dann hörte man ein Rascheln aus dem Hinterzimmer. Ich gab Fräulein Gavrilović ein Zeichen, sie solle am Eingang bleiben, und ging selbst dem Geräusch nach. Ich war auf halbem Wege dorthin, als sich die Tür hinter dem Verkaufstisch öffnete und Doktor Dimitrijević erschien.

»Ach, Sie sind wieder da. Genau zur rechten Zeit. Ich bin gerade fertig.«

Er streifte langsam die Plastikhandschuhe ab. Unter seinem Kinn ein Mundschutz aus Gaze.

»Ich wusste nicht«, sagte Fräulein Gavrilović, »dass Sie auch das Hinterzimmer interessiert.«

»Es ist doch ein Teil der Buchhandlung.«

»Aber Besuchern ist der Zutritt nicht gestattet.«

»Trotzdem wird es ja benutzt.«

»Von keinem außer mir und meiner Kollegin, mit der ich das Geschäft leite. Werden wir deshalb verdächtigt?«

»Weshalb?«

»Nach allem, was geschehen ist. Drei Tote!«

»Wie können Sie verdächtigt werden? Es handelt sich doch nicht um Morde, sondern um natürliche Sterbefälle.«

»Und woran sind die Leute gestorben?«

Doktor Dimitrijević begab sich zu einem Sessel. Er nahm den Mundschutz ab und steckte ihn zusammen mit den Handschuhen in die Tasche, die er dort hingestellt hatte.

»Das weiß ich noch nicht. Vielleicht kann ich bei der Untersuchung der Proben etwas feststellen.«

»Proben?«

»Ja. Ich habe Proben von verschiedenen Materialien entnommen, die sich in der Buchhandlung befinden.«

»Zum Beispiel?«

»Zum Beispiel von Papier. Das ist hier am meisten vorhanden, was auch verständlich ist, also könnte es die Hauptursache für das Dilemma sein.«

»Wie sollte Papier so ein schreckliches Dilemma wie den Tod auslösen?«

»Es gibt Menschen, die auf Papier allergisch reagieren.«

»Aber die würden doch eine Buchhandlung meiden!«

»Nicht unbedingt. Vielleicht wissen sie gar nicht, dass ihnen Gefahr droht. Die Allergie kann auch nur bei einer bestimmten Papiersorte auftreten. Die Übrigen sind völlig unschädlich, während die eine im wahrsten Sinne tödlich ist.«

»Davon hatte ich keine Ahnung. Aber das macht die Arbeit in der Buchhandlung sehr gefährlich?!«

»Sie können beruhigt sein. Papierallergie ist äußerst selten.«

Auf Fräulein Gavrilovićs Gesicht erschien ein ironisches Lächeln.

»Würden Sie durchschnittlich einen Toten pro Tag als selten bezeichnen?«

»Ach, nicht in allen drei Fällen muss Papier schuld sein. Es gibt auch andere Verursacher gefährlicher Allergien. Staub zum Beispiel.«

»Staub? Aber hier ist kein Staub. Wir achten in der Buchhandlung streng auf die Sauberkeit.«

»Ich stimme völlig zu. Um die Sauberkeit und Ordnung hier könnte Sie sogar manche Apotheke beneiden. Aber Sie mögen sich noch so sehr bemühen, den Staub zu beseitigen, am Ende siegt er doch immer. Besonders da, wo es viele Bücher gibt.«

»Was sollen wir denn tun?«

»Sie müssen gar nichts tun. Wenn hier jemand daran verstorben ist, dann handelt es sich bestimmt um die einzige Person in der ganzen Stadt, für die der Staub in der Buchhandlung tödlich ist. Diese Allergie ist noch seltener als die auf Papier. Das Gleiche gilt auch für Asche.«

Fräulein Gavrilović und ich wandten uns gleichzeitig zum Kamin um.

»Asche?«

»Ja. In der Fachliteratur werden Beispiele schwerer allergischer Reaktionen auf Asche angeführt. Aber das ist am wenigsten wahrscheinlich. Dazu kann es kommen, wenn irgendwelche gefährlichen Stoffe verbrannt werden, aber Sie verwenden, soweit ich sehe, gewöhnliches Buchenholz.«

»Sollen wir vielleicht die Heizung auswechseln?«

Doktor Dimitrijević schüttelte den Kopf.

»Keinesfalls. Sie müssen verstehen, vor einer Allergie gibt es keinen vollkommenen Schutz. Selbst wenn Sie die Buchhandlung in eine hermetisch verschlossene, sterile Kammer verwandeln, wäre nicht einmal das eine Garantie. Und wer würde dann noch hierherkommen und Bücher kaufen?«

»Niemand«, entgegnete Fräulein Gavrilović leise.

Doktor Dimitrijević lächelte.

»Genug von den Proben, die ich eingesammelt habe. Ich habe Sie nur unnötig erschreckt. Sie haben keinen Grund zur Besorgnis. Sie haben das Pech, dass in kurzer Zeit sogar drei Menschen in Ihrem Laden aus nicht alltäglichen Gründen gestorben sind. Aber das ist nun bestimmt vorbei. Ich hoffe, das alles wird die Besucher nicht von der Buchhandlung fernhalten.«

»Bisher nicht«, sagte Fräulein Gavrilović. »Ganz im Gegenteil. Der erste Fall wirkte wie ein Köder. Wir werden sehen, was nach den beiden jetzigen passiert. Mir graut davor, was die Klatschpresse anstellen könnte ...«

»Keine Angst«, sagte Doktor Dimitrijević und winkte ab. »Was immer sie schreiben, sie können Ihnen nicht schaden. Die Leser der Klatschpresse kommen nicht in solche Buchhandlungen, und Ihre Kunden lesen keine Boulevardzeitungen.«

Fräulein Gavrilović seufzte tief. »Hoffen wir es!«

»Gut. Jetzt muss ich gehen. Wir hören bald voneinander, Kommissar. Könnten Sie mir Ihre Handynummer geben?«

»Natürlich.«

Er nahm sein Handy und programmierte meine Nummer in sein Adressbuch.

»Danke. Auf Wiedersehen, Fräulein Gavrilović. Ich weiß nicht, ob Sie das als Kompliment betrachten, aber Ihr Laden ist einer der angenehmsten Orte, an denen ich gearbeitet habe.«

»Danke für das Kompliment, Doktor«, entgegnete sie mit dem Anflug eines Lächelns.

Er ging zum Ausgang, nahm seinen Mantel vom Garderobenständer, zog ihn über und trat hinaus. Die Stille hielt noch eine Weile an, nachdem die Türschellen verstummt waren.

»Kommissar Lukić ...«, brachte Fräulein Gavrilović schließlich hervor, doch ich unterbrach sie.

»Dejan.«

Sie sah mir tief in die Augen. Und da war keine dunkelrote Beleuchtung mehr, die ihre Röte überdeckt hätte.

»Dejan.«

»Ja, Vera?«

Mir schien, sie hatte etwas anderes sagen wollen, es sich jedoch im letzten Augenblick überlegt.

»Wenn ich dir irgendwie helfen kann …«

»Danke, aber ich sehe nicht, wie du mir helfen könntest, wenn ich selbst nicht weiß, wonach ich suche. Aber soll ich dir beim Ordnen helfen?«

Ich zeigte auf die durcheinandergeworfenen Bücher auf dem Fußboden.

»Nein, nein, das geht bei mir ganz schnell. Befasse du dich nur mit deiner Suche!«

Sie ging ins Hinterzimmer, um ihren Mantel abzulegen, und ich hängte den meinen an den Garderobenständer und ging zum nächstliegenden Regal. Als ich sie zurückkommen hörte, wandte ich mich um. Für einen Moment trafen sich unsere Blicke. Wir lächelten beide.

Als ich gesagt hatte, ich könnte das Buch erkennen, wenn ich es sähe, war ich zu optimistisch gewesen. Ich hatte ja keine Ahnung, wie es aussah. Es konnte passieren, dass es mir unter die Augen kam und ich es überhaupt nicht merkte. Doch es war weitaus wahrscheinlicher, dass es nur in meiner Fantasie existierte. Dass es überhaupt kein solches Buch gab.

Wirklich, wenn ich nüchtern nachdachte wie das ein Kriminalbeamter wohl tun sollte – wie sollte es ein solches Buch geben, in dem alles beschrieben wird, was mir in diesem Augenblick passierte? Natürlich ging so etwas gar nicht! Das hier war Wirklichkeit und nicht Literatur. Sollte ich zulassen, dass mein Studium zum ersten Mal meine Arbeit beeinträchtigte?!

Andererseits war der Eindruck, ich hätte es schon gelesen, wirklich stark. So etwas hatte ich noch nie erlebt! Doch das Unangenehmste dabei war die Einsicht, dass ich in eine Falle geraten war, aus der es keinen Rückzug gab. Bereits einen Moment, bevor ich etwas sagte, wusste ich, dass genau diese

Worte folgen würden, so wie ein Schauspieler, der seine Rolle auswendig kennt. Mehrmals versuchte ich, dem Unweigerlichen auszuweichen, etwas anderes zu sagen, aber es ging nicht.

Langsam wanderte mein Blick über die Buchrücken. Ab und zu zog ich ein Buch heraus und blätterte es kurz durch. Vera brauchte etwa eine Viertelstunde, bis sie das Regal wieder eingeräumt hatte. Danach ging sie zur Kasse und beschäftigte sich mit den Abrechnungen. In der Buchhandlung war es ganz still. Nicht zu vergleichen mit jenem Ort voller Unruhe, den ich vor etwa zwei Stunden betreten hatte.

»Gibt es eine Spur?«

Ich stellte das Buch, das ich in der Hand hielt, ins Regal zurück und drehte mich um. Sie sah mich über die Lesebrille hinweg an, die sie halb auf die Nase heruntergezogen hatte.

»Keine. Bist du fertig?«

Sie nahm die Brille mit dem Band ab und legte sie in eine Schublade unter der Kasse.

»Nicht ganz, aber den Rest mache ich morgen. Die Aufregung heute hat mich völlig erschöpft.«

Ich ging auf den Verkaufstisch zu.

»Mich auch. Man muss ausgeruht sein, wenn man nach etwas sucht, von dem man nichts weiß. Ich würde morgen weitermachen, wenn du gestattest.«

Sie lächelte.

»Natürlich. Obwohl die Suche vielleicht nicht mehr erforderlich sein wird.«

»Weshalb?«

Sie kam hinter dem Verkaufstisch hervor und stellte sich vor mich hin.

»Ich muss gestehen, ich bin begeistert. Du solltest dich dem Schreiben widmen! Du hast sehr viel Fantasie ...«

Ich schüttelte den Kopf. »Das verstehe ich nicht.«

»Weißt du, Dejan, die Männer haben mir auf verschiedene

Weise den Hof gemacht, aber noch keiner so einfallsreich wie du.«

Ich starrte sie blinzelnd an.

Ihr Lächeln wurde breiter. Sie strich mir über die Wange.

»Sie ist wirklich schlau, die Idee mit dem bereits Gelesenen. Und damit, was darauf folgen wird.«

»So ist das nicht …«, brachte ich hervor, doch sie unterbrach mich.

»Du hättest dich gar nicht anzustrengen brauchen. Aber jedenfalls fühle ich mich geschmeichelt. Also, was folgt jetzt unweigerlich?«

Ich seufzte.

»Jetzt folgt unweigerlich der Abschied bis morgen. Eine andere Entwicklung der Ereignisse wäre zur Trivialliteratur zu rechnen, aber das Buch, nach dem ich suche, gehört offenbar nicht dazu.«

Ich strich ihr ebenfalls über die Wange.

»Obwohl es mir in diesem Augenblick sehr leidtut, dass es so ist.«

9.

Im Büro empfing mich das grinsende Gesicht des Kollegen Petronijević.

»Gratuliere«, sagte er. »Nicht weniger als die Titelseite.«

Er zeigte auf das Boulevardblatt vor sich.

Ich hob die Zeitung hoch. Fast die ganze untere Hälfte der Seite nahm ein Foto vom Schaufenster des »Papyrus« ein. Darüber stand fett gedruckt die Überschrift *Tödliche Buchhandlung*, mit drei Ausrufezeichen dahinter. Die Anmerkung darunter verwies auf die Seite neun. Rasch blätterte ich, bis ich sie fand.

Zuerst zog ein weiteres großes Foto meinen Blick an. Über einem Regal voller Bücher war ein Totenkopf mit zwei gekreuzten Knochen abgebildet. Der kurze Artikel war in der für die Schmierpresse typischen Art verfasst.

Äußerlich wirkt die Buchhandlung »Papyrus« harmlos. Aber der Schein trügt! Meiden Sie den Laden, wenn Ihnen das Leben etwas wert ist! Es handelt sich um einen der gefährlichsten Orte der Stadt! In den letzten drei Tagen haben in dieser Buchhandlung drei unschuldige Bücherfreunde ihr Leben gelassen! Niemand weiß, woran sie gestorben sind. Und wie wir aus zuverlässiger polizeilicher Quelle wissen, sind neue Opfer zu erwarten.

Am liebsten hätte ich die Zähne gefletscht und geknurrt. Ich konnte mir vorstellen, was Vera empfinden musste, wenn sie die Zeitung zu Gesicht bekam.

»Scheußlich!«, sagte ich. »Das mit dem Totenkopf kann sich nur jemand ausgedacht haben, der Bücher krankhaft hasst!«

»Sie haben nichts Falsches geschrieben.«

»Besonders richtig ist, dass neue Opfer erwartet werden.«

»Stimmt das etwa nicht?«

»Weshalb sollte es stimmen?«

»Der Chef hätte dich nicht zum Rapport gerufen, wenn alles abgeschlossen wäre.«

»Wann hat er mich gerufen?«

»Schon gegen halb zehn. Er sagte, du sollst sofort zu ihm kommen.«

»Ausgezeichnet. Es ist höchste Zeit, dass wir uns über die zuverlässigen Quellen der Polizei unterhalten, auf die sich die Zeitungen ständig berufen.«

»Ich bezweifle, dass ihn das besonders interessieren wird!«

Er nahm mir die Zeitung aus der Hand und vertiefte sich in die Lektüre.

Ich ging hinaus, den Korridor entlang. Klopfte an die letzte Tür rechts. Auf dem Messingschild stand: Kriminaloberkommissar.

»Herein!«, ließ sich eine mürrische Stimme vernehmen.

Ich öffnete die Tür. Oberkommissar Djordjević saß an seinem großen Arbeitstisch, auf dem das Vorherrschendste zwei symmetrisch angeordnete Bonsaitöpfe waren. Im Hintergrund stand ein riesiges Aquarium, das grünlich schimmerte.

»Ah, Kollege Lukić, bitte sehr.«

Er wies auf den linken der zwei Sessel vor dem Arbeitstisch. Ich setzte mich, wobei ich mich fragte, weshalb er mir niemals den rechten anbot.

»Was geht in dieser Buchhandlung vor sich? ›Papyrus‹, nicht wahr?«

»Ja, ›Papyrus‹.«

»Schöner Name für eine Buchhandlung! Woher die vielen Toten an einem solchen Ort? Drei, nicht wahr?«

»Ja, drei.«

»Was sagt der Pathologe?«

»Ich habe noch keinen offiziellen Bericht erhalten. Inoffiziell ist die Todesursache bisher unbekannt.«

»Wieso unbekannt?«

»Es liegt nichts Ungewöhnliches vor. Doktor Dimitrijević untersucht im Augenblick weniger normale Möglichkeiten. Zum Beispiel starke allergische Reaktionen.«

»Allergische Reaktionen – worauf?«

»Soweit ich verstanden habe, gibt es da mehrere Verursacher. Papier, Staub, Asche zum Beispiel.«

Er erhob sich aus dem Ledersessel, zog ein Taschentuch hervor, beugte sich über den rechten Bonsai und wischte die Spitze der Miniaturbaumkrone ab.

»Der Staub ist wirklich unerträglich! Heute Morgen habe ich die Pflanzen abgeputzt, und jetzt sind sie schon wieder voll!« Er drehte sich zum Aquarium. »Ich müsste es irgendwie schützen. Ich habe nicht gewusst, dass so etwas tödlich sein kann.«

»Offenbar ja. In ganz besonderen Fällen.«

Er schüttelte das Taschentuch aus und steckte es zurück in die Hosentasche.

»Sind drei besondere Fälle in nur wenigen Tagen nicht zu viel? In wie viel Tagen genau?«

»In drei Tagen.«

»Vorher ist nichts Ähnliches im ›Papyrus‹ passiert?«

»Nein. Auch in keiner anderen Buchhandlung, soweit ich weiß.«

»Ist es möglich, dass es sich dabei nicht nur um einen Zufall handelt?«

Es vergingen ein paar Sekunden der Stille, ehe ich mit einer Gegenfrage antwortete.

»Woran denken Sie?«

»Ach, Sie wissen schon, wir leben in einer stürmischen Zeit.«

»Wollen Sie sagen, es könnte jemand dahinterstecken?«

»Die Möglichkeit ist nicht auszuschließen. Die Welt ist voller Psychopathen, und an Terroristen herrscht auch kein Mangel.«

»Von Terroristen würde ich erwarten, dass sie sich eine größere Zielscheibe auswählen als so eine kleine Buchhandlung.«

»Das weiß man nie! Wenn sie irgendeine biologische Waffe benutzen, ist es ihnen egal, wo sie sie zuerst anwenden. Eigentlich, je unauffälliger ihr Ausgangsort, desto besser. Und Psychopathen wollen sowieso nicht hoch hinaus.«

»Was schlagen Sie vor zu unternehmen?«

»Wir können nichts tun, ehe nicht der Befund vom Pathologen vorliegt. Danach sehen wir weiter. Nicht ausgeschlossen, dass wir Hilfe anfordern müssen.«

»Den Staatsschutz?«

»Ja. Die sind als Einzige entsprechend ausgestattet für einen Kampf gegen Terroristen.«

»Ich würde sagen, das ist trotzdem nicht unbedingt nötig. Wenn mich meine Intuition nicht täuscht, handelt es sich hier um etwas weniger Dramatisches als Terrorismus.«

»Intuition habe ich in unserem Beruf immer geschätzt, aber seien Sie trotzdem auf der Hut. Für alle Fälle. Vielleicht könnten Sie in den kommenden Tagen ab und zu mal bei diesem Laden vorbeischauen.«

»Das hatte ich auch vor.«

»Ausgezeichnet. Sie sind ja ohnehin ein Bücherwurm, also werden Sie dort nicht auffallen.«

Ich lächelte.

»Das betrachte ich als Kompliment.«

»Kompliment hin oder her, aber ich kann ja wohl nicht

Kollegen Petronijević in die Buchhandlung schicken! Den würden alle gleich auf den ersten Blick als Polizisten erkennen.«

»Dafür würde er aber, sagen wir, in einer Boulevardzeitung unbemerkt durchgehen.«

Nun lächelte wiederum er.

»Jeder hat seine Besonderheit. Und keine ist unwichtig.«

»Selbstverständlich.«

»Gut, das wäre alles.«

Ich stand auf und ging zur Tür.

»Unterrichten Sie mich sofort, wenn etwas Neues auftaucht«, sagte er, als ich sie schon geöffnet hatte.

»Auf jeden Fall, Chef.«

Kaum war ich auf dem Korridor, da klingelte mein Handy. Auf dem Display blinkte die Nummer der Buchhandlung.

»Hallo?«

»Kommissar Lukić?«

»Ja bitte, Fräulein Bogdanović?«

»Ich hoffe, ich störe Sie nicht.« Ihre Stimme klang kühl.

»Keineswegs.«

»Könnten Sie vielleicht in unsere Buchhandlung kommen?«

Ich blieb stehen.

»Ist etwa …«, brachte ich nach kurzem Zögern hervor.

»Ich muss Sie enttäuschen. Es ist niemand gestorben. Aber es gibt andere Probleme.«

»Ich komme sofort.«

10.

Im »Papyrus« traf ich auf zwei Kunden. Ein hochgewachsenes junges Mädchen mit einer bunten Wollmütze, einer Lederjacke, die ihr kaum bis zu den Hüften reichte, und Jeans, die in hohen Stiefeln steckten, stand am Regal links vom Eingang und blätterte in einem größeren Buch. Ihre Lippen bewegten sich lautlos, sie begleitete die Worte eines Lieds, das über den Walkman an ihre Ohren drang.

In einem Sessel saß ein schon etwas glatzköpfiger Herr mittleren Alters. Der Mantel war über seine Beine gelegt, darauf Schal und Hut. Seitlich am Sessel lehnte sein Regenschirm. Bestimmt wäre es für ihn bequemer gewesen, wenn er das alles am Garderobenständer gelassen hätte. Er hätte es auch leichter gehabt, wenn er eine passende Lesebrille gehabt hätte, sodass er seine Hände mit dem Buch nicht bis zu den Knien hätte ausstrecken müssen.

Ich ging zu Fräulein Bogdanović, die bei der Kasse am Verkaufstisch stand. Schade, dass sie sich nicht zumindest ein wenig geschminkt hatte, um ihren blassen Teint zu verdecken. Sie reichte mir nicht die Hand, wofür ich ihr dankbar war. Ich mag keinen laschen Händedruck.

Sie blickte auf die Armbanduhr.

»Sollten Kriminalkommissare nicht schneller sein?«

»Wir sind schneller, wenn es einen Grund dafür gibt.« Ich schaute mich in der Buchhandlung um. »Ich sehe hier nichts, weshalb ich mit eingeschalteter Sirene hätte herjagen sollen.«

»Weil Sie nicht aufmerksam hinschauen. Ein Detektiv müsste aber eine hervorragende Beobachtungsgabe haben! Besonders, wenn ihm Bücher nicht fremd sind.«

Diesmal wanderte mein Blick aufmerksamer durch den Raum. Alles sah genauso aus, wie ich es gestern Abend verlassen hatte. Schon wollte ich Fräulein Bogdanović sagen, ich sei nicht hergekommen, um mit ihr Blindekuh zu spielen, als sie mit einem Ausdruck von Ungeduld eine Kopfbewegung zum Regal ganz in der Nähe machte. Ich ging dorthin und schaute es mir eine Weile an. Dann kehrte ich zum Verkaufstisch zurück.

»Die Bücher sind nicht nach Titeln geordnet.«

»Gratuliere«, sagte sie ironisch.

»Danke. Ich verstehe nur nicht, weshalb das eine Aufgabe für die Polizei ist.«

»Weil jemand sie in der Nacht umgestellt hat. Aber, wie wir wissen, ist die Buchhandlung nachts geschlossen.«

»Wann haben Sie bemerkt, dass die Bücher anders angeordnet sind?«

»Unmittelbar bevor ich Sie angerufen habe. Ein Kunde hat ein Buch verlangt. Ich wollte es aus dem Regal nehmen, aber es war nicht an seinem Platz. Ich habe gleich gemerkt, dass auch viele andere nicht richtig stehen.«

»Nur in diesem Regal oder in allen?«

»Nur in diesem.«

»Wie lange waren Sie in der Buchhandlung, ehe Sie es festgestellt haben?«

»Etwa anderthalb Stunden. Samstags arbeiten wir von neun bis drei.«

»Sie haben hier anderthalb Stunden verbracht, und alles schien Ihnen in Ordnung zu sein, und von mir haben Sie erwartet, dass ich schon auf den ersten Blick sehe, was nicht stimmt?«

Sie wiederholte die Bewegung, die ich noch vom vorigen

Mal in Erinnerung hatte: Sie schob die dicke Brille auf die Nasenwurzel. Das tat sie, um Zeit zu gewinnen.

»Ich bin kein Detektiv.«

»Aber Sie sind jeden Tag hier. Ist denn dafür eine besondere Beobachtungsgabe nötig, um eine so auffällige Veränderung zu bemerken?«

»Ich habe nicht darauf geachtet.« Ihre Stimme wurde schriller. »Ich hatte Wichtigeres zu tun, als die Bücher anzuschauen. Vera hat gestern Abend nicht alles erledigt, was nötig war, das hat sie mir überlassen. Ich glaube, sie hatte keine Lust zu arbeiten.«

Fräulein Bogdanović sah mich vorwurfsvoll an.

»Haben Sie mit ihr gesprochen?«

»Sie hat sich bei mir gemeldet, ehe sie die Buchhandlung geschlossen hat. Sie hat mir alles erzählt, was passiert ist. Soweit ich verstanden habe, hat der neue Todesfall im ›Papyrus‹ Sie beide nicht daran gehindert, genüsslich Tee zu trinken.«

»Feigentee stimuliert bei allen Gelegenheiten. Besonders nach Todesfällen. Ich kann ihn nur empfehlen! Allerdings ist die Wirkung am besten, wenn man ihn zu zweit trinkt.«

Ihre Lippen verzogen sich zu einem dünnen Strich.

»Und was haben Sie vor zu unternehmen?«

»In welcher Angelegenheit?«

»Wegen des Einbruchs im Laden natürlich!«

»Einbruch?«

»Haben Sie nicht begriffen, dass jemand nachts eingebrochen ist und die Bücher durcheinandergebracht hat?«

»Ich habe verstanden, dass jemand die Bücher verstellt hat, aber deshalb muss er nicht eingebrochen sein. Haben Sie heute früh beim Aufschließen der Tür etwas Ungewöhnliches am Schloss bemerkt?«

Sie dachte ein wenig nach.

»Nein. Aber das heißt gar nichts. Die Diebe sind wahrscheinlich geschickt genug, um auch kompliziertere Schlösser als unseres zu öffnen, ohne Spuren zu hinterlassen.«

»O ja, Profis sind sehr geschickt darin. Aber weshalb glauben Sie, wir hätten es hier mit Dieben zu tun? Ist denn etwas gestohlen?«

Es sah aus, als wollte sie mehrere Dinge gleichzeitig sagen und könnte sich nicht entscheiden, was zuerst. Ihre Augen hinter den Brillengläsern blitzten.

»Es ist nichts gestohlen worden!«, rief sie beinahe.

Der Herr im Sessel hob den Blick.

»Nehmen Sie mich nicht beim Wort«, fuhr sie leise fort, nachdem der Mann seine Aufmerksamkeit wieder auf sein Buch gerichtet hatte. »Ich meinte nicht Diebe, sondern Einbrecher.«

»Sie glauben, ein Profi sei in der Nacht in die Buchhandlung eingebrochen, nur um Bücher zu verstellen?«

»Was sollte es sonst für eine Erklärung geben?«

»Wissen Sie, es gibt eine Regel bei polizeilichen Ermittlungen, die nur selten versagt – ›Ockhams Rasiermesser‹: Die einfachste Erklärung ist die wahrscheinlichste.«

»Ich verstehe nicht, was Sie sagen wollen.«

»Weshalb die Annahme, es hätte jemand eingebrochen, wenn man ganz legal in die Buchhandlung kommen kann?«

»Aber wie – legal? Die einzigen beiden Schlüssel haben Vera und ...«

Ihr Mund blieb offen stehen. Als sie wieder zu sprechen begann, war ihre Stimme gedämpft, aber sie zitterte vor Zorn.

»Was sind das für Dummheiten! Sie werden doch wohl nicht uns beide verdächtigen, das getan zu haben?!«

»Ich verdächtige gar keinen. Ich prüfe nur die wahrscheinlichsten Möglichkeiten. Also gut, Sie waren weder gestern Abend hier noch haben Sie die Bücher vertauscht. Da bleibt uns nur zu prüfen, wie es mit Ve... Fräulein Gavrilović steht.«

Unausweichlich folgte wieder ein vorwurfsvoller Blick.

»Aber warum sollte sie dieses Chaos anrichten?«

Ich zuckte die Schultern.

»Wir wissen nicht, ob sie es getan hat. Haben Sie sie angerufen, haben Sie ihr gesagt, was passiert ist?«

»Ja, aber sie hat sich nicht gemeldet. Wenn sie samstags keinen Dienst hat, dann schläft sie länger.«

»Würden Sie es noch einmal versuchen?«

Sie zögerte ein wenig, ehe sie ins Hinterzimmer ging. Als sie zurückkam, wirkte sie verstört.

»Das ist ungewöhnlich. Es meldet sich immer noch keiner. Sie hat noch nie bis Mittag geschlafen. Ich habe sie auch übers Handy angerufen, aber sie ist nicht erreichbar.«

»Vielleicht hat sie beschlossen, das Wochenende irgendwo allein zu verbringen. Das kann man ihr nicht verdenken. Die vergangenen Tage waren sehr aufregend.«

»Aber das sieht Vera gar nicht ähnlich, dass sie irgendwo hinfährt und mir vorher nicht Bescheid sagt.«

»Wir wachsen alle mal aus den Kinderschuhen heraus!«

Sie explodierte nur deshalb nicht, weil in dem Augenblick die junge Frau auf uns zukam. Sie reichte Fräulein Bogdanović das Buch, in dem sie geblättert hatte, und eine Kreditkarte. Sie bewegte noch immer lautlos die Lippen, während Fräulein Bogdanović an der Kasse hantierte. Als sie zur Tür ging, folgten ihre Schritte dem unhörbaren Rhythmus.

»Fräulein Gavrilović hat mir von Ihren ...« – ich hielt inne – »Patienten erzählt. Unter ihnen gibt es auch eine Frau mit ausgerechnet diesen Neigungen, nicht?«

Ich wies auf das Regal.

»Ich mag es nicht, wenn Vera unsere Kunden so bezeichnet. Das ist ungerecht.«

»Wie würden Sie sie denn nennen?«

»Wir sind doch alle auf eine gewisse Art Sonderlinge. Sie sind da bestimmt auch keine Ausnahme.«

»Ich mache keine Unordnung im Bücherregal.«

»Aber vielleicht tun Sie etwas anderes. Und ich frage mich, ob die absonderlichen Neigungen eines Kriminalbeamten allesamt harmlos sind …«

Wir maßen uns einige Augenblicke wie durch das Visier eines Gewehrs.

»Wissen Sie«, unterbrach ich als Erster die angespannte Stille, »diese Frau …«

»Frau Dragana Stojanović«, unterbrach sie mich. »Kustodin im Museum für Moderne Kunst.«

»Also, ob Frau Stojanović gestern Abend in der Buchhandlung war?«

»Nein.«

»Sind Sie sicher?«

»Vera hätte mir gesagt, dass sie da war.«

»Vielleicht war es ihr unwichtig erschienen im Vergleich zu den anderen Vorfällen. Oder es ist ihr entgangen. Hier war ein ziemliches Gedränge.«

»Aber sie hätte nach ihrer Rückkehr von der Teestube bemerkt, dass die Bücher umgestellt sind. Da war kein Gedränge mehr. Eigentlich waren nur noch Sie beide hier, stimmt's?«

»Ja. Aber wie Sie bereits sagten, Fräulein Gavrilović war nicht zum Arbeiten aufgelegt, und da gibt man eben nicht so sehr acht.«

Wieder richteten sich unsichtbare Visiere zwischen uns auf. Diesmal ließ sie sich als Erste vernehmen.

»Es wird das Beste sein, das zu überprüfen, wenn ich endlich Kontakt zu ihr bekomme. Ich hoffe, sie war doch nicht völlig … unaufmerksam.«

Ich zog mein Handy heraus.

»Gestatten Sie mir, das Regal zu fotografieren?«

»Wie könnte ich einem Kriminalkommissar die Erlaubnis verweigern?! Würde ich damit nicht gegen das Gesetz verstoßen?«

»Nein, das würden Sie nicht. Höchstens womöglich gegen Ihr Gewissen.«

»Oh, soll ich Sie etwa auf dem Gewissen haben? Tun Sie, was Ihnen beliebt. Ich hoffe nur, Ihr Foto wird nicht in der Klatschpresse erscheinen!«

Nun konnte ich meinerseits die Stimme nicht mehr im Zaum halten. Zum Glück beschloss der einsichtige Herr im Sessel, unser temperamentvolles Gespräch zu ignorieren.

»Mir ist klar, dass Polizisten nicht Ihre Lieblingspersonen sind. Aber falls Sie glauben, ich hätte irgendetwas zu tun mit dem, was heute veröffentlicht worden ist, dann irren Sie sich gewaltig! Mir ist das ebenso unangenehm wie Ihnen!«

Sie sah aus, als überlegte sie, was sie darauf antworten sollte, aber schließlich senkte sie nur den Blick auf irgendwelche Papiere auf dem Verkaufstisch.

Ich ging zu dem Regal und machte ein paar Fotos aus nächster Nähe, sodass die Titel auf den Buchrücken gut zu erkennen waren. Das Blitzlicht veranlasste den einzigen Kunden in der Buchhandlung nicht einmal, den Blick von seinem Buch auf den Knien zu heben.

Als ich zurück zur Kasse ging, ertönten die Schellen an der Tür.

»Interessant sind Ihre Pa... Sonderlinge«, sagte ich zu Fräulein Bogdanović. »Ich würde sie gern einmal kennenlernen.«

Sie wies kurz mit dem Kopf zur Tür.

»Dazu haben Sie gerade Gelegenheit.«

Ich drehte mich um und erblickte – Albert Einstein.

11.

Die Ähnlichkeit war verblüffend. Während der Mathematikprofessor forschen Schrittes zur Kasse ging, hatte ich den unwiderstehlichen Eindruck, mir würde sich mit Kopf und Bart der große Physiker nähern. Die gleiche kleine Gestalt, das gleiche graue Haar wirr unter dem Hut, der gleiche Schnauzbart, der die Unterlippe bedeckt. Die Fliege stand schief und nur die Hälfte des Mantelkragens war hochgeschlagen.

Er nahm den Hut ab und verbeugte sich zuerst vor Fräulein Bogdanović und dann vor mir.

»Guten Tag, mein liebes Fräulein. Auch Ihnen einen guten Tag, mein Herr.«

»Guten Tag, Professor«, sagte Fräulein Bogdanović, während ich die Verbeugung erwiderte.

»Ich bin sogleich gekommen, als ich hörte, was geschehen ist«, sagte er und setzte den Hut wieder auf. »Schon drei Tote! Schrecklich, schrecklich!«

»Was kann man da machen? Die Leute suchen sich nicht aus, wo sie sterben. Das kann ihnen überall geschehen. Der Zufall war uns in den letzten Tagen nicht gerade gewogen.«

»Ach, der Zufall!«, rief der Professor aus, womit er den Herrn im Sessel wiederum dazu brachte, für einen Moment den Kopf zu heben. »Das ist kein Zufall! Das ist etwas weitaus … Ernsteres!«

»Tatsächlich?«, fragte Fräulein Bogdanović mit der Stimme einer Mutter, deren Kind gerade etwas sehr Geistreiches gesagt hat.

»Was denn sonst?!«, sagte der Professor, ohne sich im Geringsten um ihren Tonfall zu kümmern. »Und an allem bin natürlich ich schuld. Ich war nicht schnell genug.« Er schüttelte mehrmals den Kopf. »Unverzeihlich, unverzeihlich!«

»Ich empfehle Ihnen, vorsichtiger zu sein, lieber Professor. Es ist nicht ratsam, sich in Anwesenheit der Polizei selbst zu beschuldigen.« Sie wandte sich mir zu. »Das ist Kriminalkommissar Lukić.«

Ich reichte ihm die Hand.

»Dejan Lukić.«

Er beugte sich etwas zurück, musterte mich und nahm meine Hand.

»Ach so. Schön, schön. Atanasije Nedeljković. Pensionierter Mathematikprofessor. Ich fürchte nur, hier hat die Polizei nichts zu ermitteln.«

»Das scheint mir auch so«, antwortete ich. »Wir befassen uns mit gewaltsamen Todesfällen, aber nicht mit natürlichen.«

Er sah mich mitleidig an.

»Natürlichen, sagen Sie? Na, Sie werden sich wundern!«

»Sehen Sie das nicht so?«

»Keinesfalls.«

»Weshalb?«

»Weil alles ganz deutlich auf etwas anderes hinweist.«

Zuerst schob er eine Hand in die linke Manteltasche, dann in die rechte. Dann suchte er innen im Mantel weiter und fand sein Notizbuch schließlich in der Gesäßtasche der Hose. Es war von mittelgroßem Format, hatte Fettflecken auf dem braunen Pappeinband. Er klopfte leicht mit der freien Hand darauf.

»Alles ist hier aufgeschrieben. Meine ganze Forschung.«

»Forschung?«, fragte ich.

»Ja. Sehen Sie doch selbst.«

Er reichte mir mit stolzer Miene das Notizheft.

Langsam blätterte ich die Seiten voller klein geschriebener Ziffern und Symbole um. Obwohl der Professor allgemein einen eher nachlässigen Eindruck machte, sah hier alles sehr ordentlich aus, so wie es sich für einen Mathematiker auch gehört.

Ich gab ihm das Notizbuch zurück.

»Leider kenne ich mich in der Mathematik nicht besonders aus. Mein Fachgebiet ist die Literatur.«

»Herr Lukić gehört zu einer neuen Art von Polizisten«, mischte sich Fräulein Bogdanović spöttisch ein. »Er ist ein wahres Vorbild an Belesenheit.«

Wiederum musterte mich Professor Nedeljković.

»Schön, schön. Aber hier geht es doch um Literatur.«

Er steckte das Notizbuch in die Innentasche des Mantels.

»Um Literatur?«, wiederholte ich.

»Genau. Das sind alle Spuren, die ich gesammelt habe. In den zahllosen Werken der Literatur. Verwischte, versteckte, getarnte. Dem normalen Auge unsichtbare. Ich versichere Ihnen, es war gar nicht so leicht, sie zu finden. Ich habe Jahrzehnte darauf verwandt. Mein ganzes Leben, könnte man sagen.«

»Was für Spuren?«, fragte ich nach kurzem Zögern.

Bevor er antworten konnte, kam der Herr vom Sessel auf uns zu.

»Entschuldigen Sie die Störung«, er wandte sich an Fräulein Bogdanović, »könnten Sie bitte dieses Buch für mich zurücklegen? Ich würde es am Montag abholen.«

Er gab ihr das Buch, in dem eine Visitenkarte steckte.

»Natürlich, mein Herr«, erwiderte Fräulein Bogdanović und legte das Buch unter den Verkaufstisch. »Auf Wiedersehen, bis Montag dann.«

»Auf Wiedersehen.«

»Was für Spuren?«, fragte ich noch einmal, nachdem die Türschellen verstummt waren.

Der Professor antwortete nicht gleich. Er sah sich erst in der leeren Buchhandlung um, als fürchtete er, es könnte ihn dennoch jemand hören.

»Die Spuren des *letzten Buches*«, sagte er schließlich leise.

»Des *letzten Buches*?«, fragte Fräulein Bogdanović. »Davon haben Sie mir bisher nichts erzählt, Professor.«

»Deshalb nicht, weil es ein Geheimnis war. Aber nun ist es keines mehr.« Sein Arm beschrieb einen Bogen durch den Raum. »Das *letzte Buch* ist hier irgendwo.«

»In welchem Sinne das ›letzte‹?«

Wieder verging eine Weile bis zur Antwort.

»Danach gibt es kein weiteres mehr.«

»Aber wenn es keine Bücher gibt, haben wir keine Arbeit. Wollen Sie etwa, dass wir den Laden schließen? Wo würden Sie denn sonst weiterforschen?«

»Nicht nur die Buchhandlung ist bedroht! Alles ist in Gefahr! Die ganze Welt!«

»Tatsächlich? Aber das ist ja furchtbar, Professor! Gibt es da für uns überhaupt eine Rettung?«

»Vielleicht, wenn ich möglichst bald das *letzte Buch* finde.«

»Dann müssen Sie sofort mit der Suche beginnen. Wir können doch nicht zulassen, dass die Welt untergeht, nicht wahr?«

»Wie sieht denn das *letzte Buch* aus?«, fragte ich, als der Professor bereits zum nächststehenden Regal ging. Dem vorwurfsvollen Blick von Fräulein Bogdanović hielt ich stand.

Er blieb stehen, drehte sich um und schüttelte den Kopf.

»Ich weiß es nicht. Das weiß niemand. Das ist ja das größte Unglück. Es ist jedes Mal anders. Sie erkennen es erst, wenn es zu spät ist.«

»Weshalb denken Sie, es sei in der Buchhandlung?«

»Sind drei Tote nicht Beweis genug? Es ist hier, ohne Zweifel. Ich habe schon gespürt, dass es hier auftauchen wird, gleich als ich zum ersten Mal diese Buchhandlung betrat. Deshalb bin ich auch immer wieder hergekommen. Trotzdem war ich nicht schnell genug, um es zu verhindern. Traurig, traurig!«

Ich wollte ihn noch etwas fragen, aber Fräulein Bogdanović kam mir zuvor.

»Wir wollen den Professor nicht aufhalten. Er hat eine wichtige Mission vor sich. Er muss die Welt retten. Tun Sie das, Herr Professor!«

Professor Nedeljković kramte wieder in seinen Taschen, ehe er das Notizbuch fand. Er blätterte rasch darin, dann glitt sein Finger über eine Seite, den Spalten der Aufzeichnungen folgend. Er beugte sich hinunter und zog aus der untersten Regalreihe ein Buch. Dabei postierte er sich so, dass wir nicht sehen konnten, was er tat.

»Wahrscheinlich haben Sie keine Erfahrung mit Sonderlingen«, sagte Fräulein Bogdanović mit halblauter Stimme. »Man darf sich nie wundern über das, was sie reden. Und keine überflüssigen Fragen stellen. Das Beste ist, ihnen zuzustimmen, egal, was sie sagen. Und sich in kein Gespräch mit ihnen einzulassen.«

»Danke für den Ratschlag.«

»Sie schulden mir noch mehr Dank dafür, dass ich Sie unterbrochen habe. Hätte ich es nicht getan, dann hätte er Sie noch lange mit seinen verrückten Einfällen genervt! Und ich bezweifle, dass Polizisten viel Zeit haben.«

»Sonderlinge sind nicht die Einzigen, die sich unverantwortlich gegenüber Polizisten verhalten. Auch normale Menschen bereiten uns Kopfschmerzen. Zum Beispiel rufen sie uns des Öfteren ohne Grund.«

Sie durchbohrte mich mit ihrem Blick.

»Mir erschien es nicht grundlos.«

»Jedenfalls ist jetzt alles in Ordnung. Zumindest gemessen

daran, dass es im ›Papyrus‹ auch weitaus aufregender zugehen kann.«

Ihre Lippen schienen geradezu aus ihrem Gesicht zu verschwinden.

»Müssen Sie denn immer so unerträglich sein?«

»Nicht immer, nur bevor ich gehe. Auf Wiedersehen, Fräulein Bogdanović. Bitte grüßen Sie Fräulein Gavrilović, wenn Sie mit ihr telefonieren.«

Als ich mich umdrehte und zur Tür ging, schickte sie mir zischend nach: »Das werde ich natürlich sofort tun!«

12.

Die einzige Lichtquelle im Büro war der große Monitor. Als ich mich an den Computer gesetzt hatte, war es noch Tag. Ich bemerkte nicht, wie die Dämmerung anbrach. Einmal hob ich den Kopf, weil mein Nacken verspannt war, und wunderte mich, als ich sah, dass die Fenster dunkel waren.

Ich hatte nicht erwartet, dass die Arbeit so lange dauern würde. Aber sie erwies sich als ziemlich zeitraubend. In dem Regal, das ich fotografiert hatte, befanden sich fast dreihundert Bücher in neun Reihen. Zuerst notierte ich alle Titel. Obwohl ich die Aufnahmen aus nächster Nähe gemacht hatte, war nicht immer leicht zu lesen, was auf den Buchrücken stand, nicht einmal, wenn ich sie auf dem Bildschirm heranzoomte.

Als dieser vorbereitende Teil beendet war, strich ich diejenigen Titel rot an, die sich nicht in alphabetischer Reihenfolge befanden. Dann kopierte ich sie einzeln in ein neues Fenster. Lange betrachtete ich diese kleine Liste und versuchte, einen Sinn darin zu finden.

Zuerst fragte ich mich, weshalb gerade diese Bücher umgestellt waren und nicht andere. Ihr literarischer Wert war da wohl kein Maßstab. Neben einigen recht bedeutenden Werken befanden sich auch Durchschnittsromane. Ich würde Vera – oder noch besser, Fräulein Bogdanović – einmal fragen müssen, weshalb sie sie überhaupt in der Buchhandlung ausliegen hatte, die doch auf ihren tadellosen literarischen Geschmack stolz sein konnte.

Dann fiel mir auf, dass die Auswahl nichts mit den Titeln an sich zu tun hatte. Vielleicht unterschieden sich die Bücher durch eine andere Eigenschaft. Sagen wir, durch Format, Einband oder Farbe des Deckels. Aus irgendeinem Grund erschien mir die Idee der Farbe besonders anziehend.

Ich verkleinerte das Fenster mit dem Verzeichnis der rot angestrichenen Titel und begann wiederum die Fotos von dem Regal zu prüfen. Doch bald sah ich ein, dass auch darin keine Regelmäßigkeit lag. Da gab es große und kleine Bücher, feste und weiche Einbände, und die Farben ergaben ein chaotisches Bunt.

Wieder zoomte ich die Liste mit den durcheinandergestellten Büchern heran und betrachtete sie. Ich weiß nicht, wie lange ich so dasaß und daraufstarrte. Die Zeit verging, ich wurde allmählich müde und begann mich mit dem Gedanken auszusöhnen, die ganze Mühe sei umsonst. Vera hatte recht. Wer auch immer die Bücher verstellt hatte, Frau Stojanović oder ein anderer, der hatte es wahrscheinlich aufs Geratewohl getan. Es lag kein Sinn darin.

Ich fühlte mich niedergeschlagen, nicht nur wegen des Misserfolgs, sondern auch wegen der verlorenen Zeit. Ich griff nach der Maus, um die Dateien zu schließen und den Computer auszuschalten, doch so weit kam es nicht. Das Klingeln meines Handys, obwohl gedämpft in der dumpfen Stille des Büros, ließ mich hochfahren.

»Hallo?«

»Ich wollte mich für den Gruß bedanken. Er hat mich gefreut.«

»Vera«, rief ich beinahe, »wie geht es dir?«

»Gut. Was hast du denn erwartet?«, lachte sie.

»Nichts, nichts. Nur, Fräulein Bogdanović war beunruhigt, weil sie dich nicht ans Telefon bekam.«

»So ist Olga. Manchmal benimmt sie sich übertrieben fürsorglich.«

»Wie eine ältere Schwester?«

»Sie ist zwei Jahre jünger als ich. Ihr Auftreten als Beschützerin passt also noch weniger.«

»Ich würde sagen, sie ist nicht nur dir gegenüber so.«

»Ihr habt euch wieder gestritten, stimmt's?«

»Ach, nicht wirklich. Ich bin es fast gewohnt. Ich komme schon mit ihrer Bissigkeit zurecht.«

»Ich bin sicher, du bleibst ihr nichts schuldig. Aber trotzdem hatte sie keinen Grund, dich zu beunruhigen.«

»Es ist immer besser, festzustellen, dass es keinen Grund gab, die Polizei zu rufen. Und übrigens, wäre ich heute nicht in die Buchhandlung gekommen, hätte ich die Gelegenheit verpasst, Professor Nedeljković kennenzulernen.«

»Ach, unseren Einstein. Olga hat mir gesagt, sie hätte dich vor Unannehmlichkeiten bewahrt. Er kann manchmal aufdringlich sein.«

»Mir sah er interessant aus. Schade, dass Fräulein Bogdanović uns die Möglichkeit genommen hat, uns länger zu unterhalten.«

»Das lässt sich immer nachholen. Ich werde dir Bescheid sagen, wenn er das nächste Mal in meiner Schicht erscheint, und dann könnt ihr reden, so viel ihr wollt.«

»Wenn wir schon bei den Patienten sind ... oder soll ich Sonderlinge sagen?«

»Nur, wenn Olga in der Nähe ist.«

»Ist gestern Abend Frau Stojanović in der Buchhandlung gewesen?«

»Ich habe es schon zu Olga gesagt. Ich glaube nicht, aber ich bin nicht ganz sicher. Es waren so viele Leute da.«

»Du hast keinen anderen bemerkt, der sich an den Büchern zu schaffen gemacht hat?«

»Nein. Meine Aufmerksamkeit war vor allem auf die Kasse und auf den Sessel gerichtet, und dann auch darauf, was passiert ist.«

»Jemand hat jedenfalls die Bücher umgestellt. Fräulein Bogdanović meint, das sei nachts geschehen.«

»So ist sie eben. Sie denkt immer an das Schlimmste.«

»Du hast doch gestern Abend die Tür zugeschlossen, nicht wahr?«

»Auf jeden Fall! Und nachdem du gegangen warst, ist auch keiner mehr gekommen, der sich um die bedrohte Ehre der Belletristik gesorgt hätte.«

Ich hüstelte auf diese Anspielung hin und Vera lachte.

»Ich habe gehört, du hast das Regal fotografiert. Also, bist du nun scharfsinniger als ich? Was hast du entdeckt?«

Ich seufzte.

»Nichts. Ich habe den ganzen Nachmittag mit Suchen verbracht, aber nichts gefunden, was irgendwie Sinn ergibt. Ich bin ganz erschöpft davon.«

»Dann würde dir ein Feigentee guttun?«

»Unbedingt! Darf ich das wieder als Einladung in die Teestube ansehen?«

»Dort ist es schön, aber ich kenne noch einen angenehmeren Ort. Und ich habe auch alle Zutaten gekauft, die es in der Teestube gibt.« Sie hielt kurz inne. »Natürlich nur, wenn das ins Szenario des bereits Gelesenen passt.«

»Das passt hervorragend hinein! Da es sich um einen Roman der gehobenen Literatur handelt, würde der Schriftsteller sich zurückhalten, bei der Beschreibung dieses Teetrinkens ins Detail zu gehen. Er wüsste, die Andeutung ist weitaus beredter als eine erschöpfende Darstellung. Sag sie mir.«

»Was?«, fragte Vera verwirrt.

»Na, die Adresse, wo mich der neue Feigentee erwartet.«

»Ach so. Natürlich.«

Da ich weder Papier noch Stift zur Hand hatte, schrieb ich

Veras Adresse unter das Verzeichnis der rot angestrichenen Titel auf dem Monitor.

»Ich bin gleich da.«

»Ich erwarte dich.«

Ich steckte das Handy zurück in die Tasche. Es war nicht nötig, das Notizbuch aus der Schublade zu holen und ihre Adresse dort einzutragen. Ich merkte sie mir. Im Übrigen war sie auch in der geöffneten Datei notiert. Ich wollte nach der Maus greifen, um sie zu speichern, hielt aber inne.

Das war mir schon häufiger passiert: Ich bemühe mich, eine Lösung zu finden, doch es will einfach nicht gelingen. Dann werde ich durch irgendetwas kurz unterbrochen, und wenn ich mich wieder an die vorige Arbeit mache, finde ich die Lösung sofort, als sähe ich alles plötzlich aus einem ganz anderen Blickwinkel.

Unglaublich, wie sie mir hier stundenlang entgangen war, obwohl sie doch so auffällig war, direkt ins Auge stechend! Doch manchmal ist es am schwersten, das Einfachste zu sehen. Nun schienen mir die ersten Buchstaben der Liste jeweils ganz groß zu sein und zu blinken.

Vertikal am linken Rand des Bildschirms stand ganz deutlich: LETZTESBUCHHIER.

Mit fieberhaften Bewegungen sicherte ich zuerst die Datei, dann öffnete ich das Fenster mit dem Foto, auf dem sich das letzte Buch in der Reihe von Büchern ohne alphabetische Reihenfolge befand. Ich schrie auf, als sich meine Ahnung als richtig erwies! Nach dem Band, dessen Titel mit »R« begann, befand sich eine kleine Lücke, die mir vorher ebenfalls entgangen war. Eine Lücke, in der zuvor ein Buch gesteckt haben musste.

13.

Der Korridor, der sich vor mir erstreckte, schien kein Ende zu nehmen. Ständig verkleinerte er sich in der Perspektive, aber es war keinerlei Endpunkt zu sehen. Obwohl ich lange entlangschritt, war es, als käme ich überhaupt nicht voran.

Die Wände, der Fußboden und die Decke waren mit verschlissenem dunkelgrünem Samt ausgelegt. Ich kam mir vor wie in einer riesigen, endlos langen Schatulle zum Aufbewahren von Kostbarkeiten. Die Beleuchtung war gedämpft, ohne sichtbare Lichtquelle, so als würde der Samt von sich aus leuchten.

An der rechten Seite kamen in unregelmäßigen Abständen Türen zum Vorschein. Sie wirkten wie verschmolzen mit der Wand, sodass ich sie nicht bemerkt hätte, wären da nicht die Knäufe gewesen. Ich probierte mehrmals, Türen zu öffnen, doch sie waren abgeschlossen, und dann versuchte ich es nicht mehr. Auch an der einen wäre ich vorübergegangen, hätte ich nicht von der anderen Seite ein Klopfen gehört.

Ich blieb stehen und schaute unentschlossen auf das Viereck, dessen Ränder sich kaum abzeichneten. Dann wandte ich den Kopf in die eine und in die andere Richtung des Korridors.

»Ja, bitte?«, sagte ich schließlich. Da ich fast nur geflüstert hatte, wiederholte ich lauter: »Bitte sehr!«

Die Tür kam langsam auf mich zu. Ich musste ein wenig zurücktreten, um nicht im Wege zu stehen. Als die Tür einen

Bogen von neunzig Grad beschrieben hatte, erblickte ich endlich die Person, die sie geöffnet hatte.

Die grauhaarige Dame im grauen Mantel und einer Kappe auf dem Kopf lächelte verbindlich. Irgendwoher wusste ich, dass das schmale Buch, das sie hielt, eine Sammlung Liebesgedichte war.

Mit einer weiten Geste wies sie auf den Raum hinter der Tür.

Ich zögerte ein wenig, ehe ich hineinging. In dem eintönigen Korridor hatte ich mich nicht wohlgefühlt, aber aus irgendwelchen Gründen war es mir auch nicht angenehm, einzutreten. Doch wie sollte ich ihre liebenswürdige Einladung ablehnen?

Langsam setzte ich den Fuß über die Schwelle und die Dame schloss rasch die Tür hinter mir. Ich befand mich in einem verhältnismäßig kleinen Zimmer, dessen Einrichtung lediglich aus einem gewöhnlichen Holztisch und zwei Hockern bestand. An der linken Wand stand ein Waschbecken und darüber hing ein ovaler Spiegel. Die Dame begab sich geradewegs dorthin, legte das Buch auf die schmale Ablage unterm Spiegel, öffnete den Wasserhahn und begann ihr Gesicht zu bespritzen.

Die zwei Männer standen sofort auf, als ich kam. Zwischen ihnen stand in der Mitte des Tischs ein Schachbrett ohne Figuren. Beleuchtet wurde es von einer nackten Glühbirne, die an einem Kabel von der hohen Zimmerdecke herabhing. Der Herr mit der nicht angesteckten Pfeife trug ein kariertes Sakko, und der mit den schrägen Augen hatte schmale lange Hosen an und einen Blazer, der bis obenhin zugeknöpft war. Ersterer neigte kurz den Kopf, während sich der andere mehrmals vor mir verbeugte.

Solange die Frau weiterhin ihr Gesicht wusch und dabei eine immer größere Pfütze auf dem kahlen Fußboden hinterließ, kamen die beiden Herren auf mich zu und nahmen mich bei den Armen, jeder von einer Seite. Ich ließ mich nicht sogleich fortführen, doch durch ihr Lächeln und die erneuten Verbeugungen taute ich auf.

Wir gingen durch das Zimmer, am Tisch vorbei, zu der Wand dahinter. Erst als wir ihr ganz nahe waren, sah ich, dass auch hier ein runder Knauf war. Wir standen eine Weile reglos vor der Tür, die ich nicht hatte sehen können, bis von der anderen Seite, so wie eben, ein Klopfen drang.

Diesmal ging die Tür nach innen auf und eröffnete mir einen immer größeren Blick auf Regale voller Bücher. Ich spürte zwei Hände im Rücken, die mich sanft schoben. Weniger ungern als zuvor trat ich in den neuen Raum ein.

Selbst wenn jemand die Tür geöffnet hatte, blieb er dahinter verborgen. Alle Wände waren vom Boden bis zur Decke mit Büchern zugestellt. Hier war die Einrichtung noch dürftiger. Linkerseits an der Wandmitte stand ein einsamer Sessel, bezogen mit dem gleichen Samt wie im Korridor. Darin saß ein gebeugter, grauhaariger Mann.

Kaum war ich eingetreten, da stand er auf, drehte sich zu einem Regal um und ließ den Finger über eine Buchreihe in Kopfhöhe gleiten. Die Suche war bald beendet. Er zog ein Buch heraus und ging zurück zum Sessel.

Als seine Hand zum Buchdeckel griff, um ihn anzuheben, öffnete ich den Mund und wollte schreien, er solle das nicht tun, doch aus meiner Kehle kam kein Laut. Ich wollte hinlaufen und ihm das *letzte Buch* aus der Hand nehmen, aber mein Körper gehorchte mir nicht. Ich stand wie versteinert an der offenen Tür und schaute hilflos zu.

Der Alte öffnete das Buch und blätterte kurz darin. Als er auf einer Seite haltmachte und sich ins Lesen vertiefte, begann er zu zerfließen. Als sei er aus vielen kleinen Bällen zusammengesetzt, begann sein Körper zu zerfallen und zerbröseln. Beginnend bei den Füßen, fielen die Kügelchen von ihm ab und verdampften, noch ehe sie den Boden erreichten.

Vor meinen Augen wurde der Mann rasch immer kleiner. Nach den Beinen kam der Rumpf an die Reihe. Als sich auch seine Schultern auflösten, stoppte der Zerfall für einen Moment. Der Anblick des Kopfs und der beiden Hände, die nicht mit ihm verbunden waren, aber noch das Buch hielten, war schrecklicher als der Zerfall zuvor. Ich wollte schreien, doch noch immer war ich nicht Herr meiner Stimme.

Endlich, als in dem Sessel nichts weiter geblieben war als das Buch, entrang sich mir der Schrei. Im selben Augenblick schien sich auch mein Körper aus der Starre zu lösen. Ich floh aus der Bibliothek, doch was mich in dem ersten Raum erwartete, war nur eine Fortsetzung meines Albtraums.

Am Tisch saßen nun anstelle der beiden Herren zuvor zwei Schachfiguren. Der weiße König hatte das karierte Sakko umgehängt, während der schwarze einen dunkelroten Blazer trug. Die Figuren verbeugten sich vor mir, die weiße nur kurz, die schwarze tief.

Vom Waschbecken her kam ein Kichern. Ich hob den Blick, als die Frau sich umdrehte. Aber ich sah ihr Gesicht nicht. Dort, wo es hätte sein müssen, war eine glatte Hautfläche, von der Wasser herablief, so als sei das Gesicht weggespült von dem irrsinnigen Waschen.

Ich schrie noch einmal auf und jagte zur Tür. Als sich zeigte, dass sie sich nicht öffnen ließ, schnürte mir eiskalte Panik die Brust ab. Während sich das Lachen hinter meinem Rücken verstärkte, riss ich wie besessen am Türknauf, bis mir endlich einfiel, was zu tun war.

Wahrscheinlich hätte es ausgereicht, wenn ich nur geklopft hätte, doch völlig verstört, donnerte ich mit geballten Fäusten dagegen. Im selben Moment öffnete sich die Tür. Wie von einer Feder weggeschnellt, sprang ich hinaus, jagte schreiend den Korridor entlang und wagte nicht nachzusehen, was hinter mir geschah.

14.

In den Ohren gellte mir noch mein Schrei aus dem Schlaf, als ich die Augen weit aufriss und im Bett hochfuhr. Im selben Augenblick wusste ich, dass etwas nicht in Ordnung war, aber es vergingen einige schreckliche Augenblicke, ehe ich begriff, worum es sich handelte. Ich musste den Kopf schütteln, um den Traum zu vertreiben, der noch am Rand meines Bewusstseins herumspukte. Ich war nicht in meinem eigenen Schlafzimmer.

Als sich eine Hand auf meine Schulter legte, zuckte ich zusammen.

»Du hast etwas geträumt«, sagte Vera sanft.

Ich drehte mich um und starrte sie an, doch in der Dunkelheit konnte ich nur die Umrisse ihres erhobenen Kopfs erkennen. Zum Glück konnte auch sie mich nicht besser sehen, sonst hätte mein Gesichtsausdruck sie bestimmt erschreckt. Langsam ließ ich meinen Kopf zurück aufs Kissen sinken.

Sie streichelte mir die Wange.

»War es schlimm?«

»Ich erinnere mich nicht, wann ich zum letzten Mal so etwas Schlimmes geträumt habe!«

»Vielleicht sagt dir mein Schlafzimmer nicht zu.«

Ich strich ihr übers Haar.

»Es ist viel schöner als meines.«

»Das müssen wir erst noch feststellen. Soll ich Licht anmachen?«

»Ein Polizist fürchtet sich doch nicht im Dunkeln!«

»Polizisten, die sich vor nichts fürchten, haben mir noch nie gefallen.«

»Ich habe nicht gesagt, dass ich mich vor nichts fürchte.«

»Gut. Wovor fürchtet sich denn der unerschrockene Herr Kommissar?«

»Vor Dunkelheit.«

Sie kicherte und stupste mich sanft in den Bauch. Dann drückte sie sich an mich. Ich schlang meinen rechten Arm um sie.

»Ich träume auch manchmal schlecht. Weißt du, was dann das Schlimmste ist?«

»Na, was?«

»Wenn man aufwacht, und niemand ist im Zimmer, nur man selbst.«

Ich wandte den Kopf und küsste sie auf die Schläfe.

»Jetzt ist jemand da. Du kannst beruhigt schlecht träumen«, erwiderte sie und kitzelte mich in der Magengegend.

»Was hast du geträumt?«

»Etwas Verrücktes. Du weißt doch, wie Albträume sind.«

»Meine haben immer eine Bedeutung. Aber ich finde nie heraus, welche.«

»Ich dachte, so etwas gibt es nur in der Literatur.«

Wieder lachte sie.

»Hast du nicht gesagt, das alles käme dir vor, als hättest du es schon irgendwo gelesen?«

Ich schob meine Hand ein wenig tiefer und kitzelte sie meinerseits in der Taille. Sie quiekte auf, wand sich heraus und warf ein Bein über mich.

»Genau. Ich habe gelesen, die Hauptfigur ist sehr kitzlig. Wollen wir das auch an anderen Stellen überprüfen?«

Eifrig schüttelte sie den Kopf, der auf meiner Schulter lag.

»Nicht nötig, nicht nötig!«

In der Stille und dem Dunkel, die uns deutlicher als alles

andere umgaben, spürte ich den Duft von Veras Haut. Sanft, moschusartig, betörend.

Ich beugte den Kopf und küsste sie auf den Scheitel, der mir in diesem Augenblick am nächsten war.

»Ich weiß nicht, ob das, was ich geträumt habe, eine Bedeutung hat, aber es hat mich auf eine Idee gebracht. Erinnerst du dich an den ersten Todesfall in der Buchhandlung?«

»Wie könnte ich ihn vergessen? Herr Todorović.«

»Ja. Hast du dir vielleicht gemerkt, welches Buch er gelesen hat, als er starb?«

Sie antwortete nicht sofort. Schließlich spürte ich an der Schulter, dass sie den Kopf schüttelte.

»Ich fürchte, nein. Ich war zu verwirrt.«

»Natürlich. Aber weißt du, was mit dem Buch geschehen ist, nachdem die Sanitäter den Leichnam des Alten weggetragen hatten?«

»Wahrscheinlich habe ich es wieder ins Regal getan. Was sollte ich sonst damit tun?«

»Ja, das ist offenbar das Normalste. Aber du erinnerst dich nicht?«

Sie legte ihren Kopf von meiner Schulter aufs Kopfkissen.

»Leider nein. Warum ist es wichtig, mit welchem Buch Herr Todorović gestorben ist?«

»Wahrscheinlich ist es überhaupt nicht wichtig. Ich wollte nur etwas nachprüfen. Und wie steht es bei dem zweiten Fall?«

»Du meinst, welches Buch diese Frau gelesen hat?«

»Frau Mitić, ja.«

»Das müsste eher Olga wissen. Obwohl ich bezweifle, dass sie unter den gegebenen Umständen darauf geachtet hat. Sie gerät noch schneller in Panik als ich.«

»Aber du hast es nicht ins Regal zurückgelegt?«

»Ich glaube nicht. Eigentlich bin ich sicher.«

»Am schwierigsten wird es, festzustellen, was der unglückliche junge Mann gelesen hat. Das Buch, das er in den Händen hatte, geriet unter die, die er zu Boden gerissen hat.«

»Aber warum versuchst du das überhaupt zu ermitteln? Hast du einen Verdacht?«

»Nein, nein. Mir fiel nur ein, dass es einen Zusammenhang geben könnte zwischen den drei Todesfällen.«

»Ein Buch?«

»Ja. Dasselbe *letzte Buch*.«

Vera zog ihr Bein zurück und rückte im Bett ein wenig ab.

»Aber warum wäre das wichtig? Selbst wenn sie alle dasselbe *letzte Buch* gelesen haben, sind die Leute eines natürlichen Todes gestorben.« Sie hielt ein wenig inne. »Oder nicht?«

»Doch. Keines der Bücher steht in Beziehung zu ihrem Sterben.«

»Warum betrachtest du dann die ganze Sache nicht als abgeschlossen? Warum suchst du nach Fäden, die die drei Unglücksfälle miteinander verbinden?«

»Ich suche nicht. Ich hätte überhaupt nicht daran gedacht, wenn nicht der schreckliche Traum gewesen wäre.«

Wir verbrachten eine Weile in Schweigen. Schließlich drückte sich Vera wieder an mich.

»Na, dann müssen wir uns bemühen, dass du in Zukunft nur etwas Schönes träumst.«

15.

Lange konnte ich nicht einschlafen, während Vera bald wieder in Schlaf sank. Wäre ich allein gewesen, dann hätte ich mich im Bett gewälzt, doch ich musste ruhig liegen, um sie nicht zu wecken. Draußen dämmerte es bereits, als ihr gleichmäßiges Atmen und ihre Wärme auch mich endlich einschlafen ließen.

Ein Kuss auf die Stirn weckte mich. Ich muss sie so erschrocken angeschaut haben, dass sie lachte.

»Ich bin's nur.«

Ich rieb mir die Augen.

»Guten Morgen.«

»Der Morgen ist schon längst vorbei.«

»Wie spät ist es?«

»Zehn nach elf.«

Im selben Moment war ich hellwach.

»So spät?!«

»Na und? Es ist Sonntag. Dürfen Kriminalkommissare nicht wenigstens sonntags länger schlafen?«

»Das Leben zeigt selten Einsicht gegenüber Polizisten.«

»Da haben wir jetzt Gelegenheit, diese Ungerechtigkeit ein wenig auszugleichen.«

Sie nahm ein Tablett vom Nachttisch an meinem Kopfende, wartete, bis ich mich aufgerichtet hatte, stellte es auf meinem Schoß ab und setzte sich zu mir auf die Bettkante. Als sie für einen Moment den Deckel von der Teekanne hob, mischte sich der Duft des warmen Getränks mit dem nach frischem Zwieback. Sie deckte die Kanne wieder ab, füllte mir die Tasse und legte das Gebäck dazu.

»Dann habe ich mich doch nicht getäuscht«, sagte ich.

»Getäuscht?«

»Das war tatsächlich eine Einladung zum Tee. Ich hatte schon gefürchtet, er hätte nur als Ausrede gedient.«

Sie sah mich mit zusammengekniffenen Augen an, dann hob sie die Hand und streute mir irgendein grünliches Pulver auf den Kopf, das eigentlich in den Tee gehörte.

Ich ergriff ihr Handgelenk, zog die Hand übers Tablett und küsste sie. Das alles musste sanft geschehen, damit nichts umfiel oder verschüttet wurde von dem, was auf meinem Schoß stand.

»Es ist schon sehr lange her, dass mir jemand das Frühstück ans Bett gebracht hat.«

Sie lächelte, und gleichzeitig lächelten alle ihre Sommersprossen im Gesicht.

»Es ist schon sehr lange her, dass es jemanden in meinem Leben gab, der es verdient hätte, dass ich ihm das Frühstück ans Bett bringe.«

Schon wollten meine Hände das Tablett zurück auf den Nachttisch stellen. Das Frühstück konnte noch warten. Doch da erscholl ein Ton, den ich am wenigsten hören wollte.

Wir sahen uns eine Weile an. Sie machte eine resignierte Miene, in meiner stand das Bedauern. Schließlich erhob sie sich, ging zu dem Stuhl, über den ich am Abend zuvor in Eile meinen Sakko geworfen hatte, nahm mein Handy aus der Innentasche und gab es mir.

»Hallo«, sagte ich scharf.

»Doktor Dimitrijević hier. Es tut mir leid, dass ich Sie am Sonntagvormittag störe. Wir müssen uns unbedingt treffen.«

»Was ist passiert?«, fragte ich in sanfterem Ton.

»Ein neuer Todesfall ohne Ursache.«

»Wie? Wo?«

Vera setzte sich wieder auf die Bettkante.

»Nicht in der Buchhandlung. Am besten, Sie kommen ins Institut.«

»Ich komme.«

Ich ließ die Hand sinken, in der ich das Handy hielt, unterbrach mit dem Daumen die Verbindung und seufzte.

»Ich hätte es ausschalten müssen.«

»Ein Kriminalkommissar muss doch immer erreichbar sein!«

»Wer immer erreichbar ist, hat am Ende kein Privatleben mehr.«

»Wem das Privatleben wichtig ist, der wird gar nicht erst Kriminalkommissar. Er befasst sich zum Beispiel mit Literatur.«

»Aber würde er als einer, der sich mit Literatur befasst, so einer hübschen Inhaberin einer Buchhandlung überhaupt ins Auge fallen?«

»Dass du einer hübschen Inhaberin einer Buchhandlung ins Auge gefallen bist, hat überhaupt nichts mit deinem Beruf zu tun.«

»Womit denn sonst?«

»Jetzt ist keine Zeit, um dir das zu erklären. Du hast es eilig, nicht wahr?«

Sie streckte die Hände aus, um das Tablett zu nehmen, aber ich hielt es auf dem Schoß fest.

»Nicht so sehr, als dass ich nicht wenigstens eine Tasse Feigentee trinken könnte.« Ich lächelte. »Manchmal muss man sich auch mit einem Trostpreis zufriedengeben.«

»Der Hauptpreis wird dir nicht verloren gehen. Er wartet auf dich, bis du wiederkommst. Wenn möglich, mit ausgeschaltetem Handy …«

16.

Das Institut für Gerichtsmedizin wirkte abstoßend von außen und von innen. Vielleicht hätte es nicht gepasst, wenn die Fassade dieses zweistöckigen Gebäudes fröhlich bunt gewesen wäre, aber das war kein Grund für das krankhafte Mausgrau, das auch bei herrlichstem Wetter traurig aussah, geschweige denn an einem Regentag im Herbst. Sobald man hineinkam, schlug einem der durchdringende Geruch von Chemikalien entgegen, der einem noch anhaftete, wenn man längst wieder gegangen war, sodass man sich nicht von dem Gedanken an einen unnatürlichen Tod befreien konnte.

Hier herrschte niemals Andrang, und heute war es völlig leer. Der Pförtner wandte kaum den Kopf vom Fernseher, als ich ihm meine Dienstmarke zeigte. Er winkte mich kurz durch und richtete seine Aufmerksamkeit wieder auf das Fußballspiel.

Ich ging über eine Reihe von Korridoren und Treppen zu dem Büro von Doktor Dimitrijević, das sich wohl am weitesten entfernt vom Eingang befand. Obgleich ich normal ging, hallten meine Schritte auf dem gefliesten Fußboden fast militärisch wider. Die gleichen weißen Fliesen bedeckten die Wände, und auch alles Übrige war weiß: die Decke, die Türen, die Treppengeländer, die Fenster, die zum Innenhof zeigten. Erst wenn man sich hier befand, dazu noch an einem Sonntag, wenn man niemanden traf, wurde einem klar, woher Doktor Dimitrijevićs zynischer Humor rührte.

Ich klopfte an die Tür mit einem Schild, auf dem sein Name stand.

»Herein!«

Als ich eintrat, erhob er sich von seinem Schreibtisch, an dem er gearbeitet hatte. Auch in dem Büro überwog das Weiß. Unterbrochen wurde es lediglich von dem riesigen Metallschrank an der rechten Seite. Durch die Glastür sah man eine Vielzahl verschiedenfarbiger Plüschtiere, vor allem Häschen und Teddybären. Ich kannte das Gerücht, dass jedes Tier für eine Autopsie stand, die der Doktor vorgenommen hatte, beziehungsweise, dass er aufhören würde mit dieser Tätigkeit, wenn im Schrank kein Platz mehr wäre.

»Ach, Sie sind schon da«, sagte er in einem Ton, an dem ich nicht erkennen konnte, ob er Lob oder Tadel ausdrückte. »Wir gehen gleich zum Kühlschrank. Dort ist die Kollegin Vidić.«

Der »Kühlschrank« war ein Saal, in dem in riesigen Schubladen über eine ganze Wand die Schutzbefohlenen des Instituts aufbewahrt wurden. In der Mitte stand ein Tisch für die Autopsie, daneben eine Art Servierwagen voller Instrumente, von denen einem übel werden konnte. Die Ärztin Sonja Vidić saß in einer Ecke am Computer. Selbst am Sonntagvormittag war sie auffällig geschminkt. Neben dem Monitor lag eine große angebrochene Tafel Schokolade.

Als wir zu ihr gingen, stand sie auf.

»Guten Tag«, sagte ich.

Sie nickte daraufhin mit einem verlegenem Lächeln, wobei sie sich bemühte, rasch mit der Zunge die Schokoladenreste von den Zähnen zu reiben.

»Fräulein Doktor Vidić hat einen neuen Fall entdeckt«, sagte Doktor Dimitrijević.

»Sie haben auch Ihr Verdienst daran«, meinte sie schließlich. Ihre Zunge hatte ihre Arbeit nicht vollkommen verrichtet.

»Ich?«

»Sie haben den Zweifel in mir geweckt. Auch hier hätte ich auf den ersten Blick geschworen, es würde sich um Herzversagen handeln. Aber die Autopsie hat nichts ergeben. Es gab keinen Grund, dass die Frau sterben musste.«

»Wo ist sie gestorben?«

»Zu Hause. Sie hat allein gelebt. Ihr Mann ist vor langer Zeit bei einem Verkehrsunfall umgekommen. Sie hat nicht wieder geheiratet. Ihren Tod hat die Haushaltshilfe angezeigt, die sonntags putzen kommt. Sie hat zuerst geklingelt, und als sich keiner meldete, hat sie mit ihrem Schlüssel geöffnet. Sie hat die Frau im Salon auf dem Fußboden liegen sehen. Sie war schon etwa sechsunddreißig Stunden tot.«

»Dann ist also der Tod am Freitagabend eingetreten?«

»Ja. Zwischen acht Uhr und Mitternacht. Es ist schwierig, die Zeit genauer zu bestimmen.«

Ich dachte kurz nach.

»Würden Sie sie mir zeigen?«

»Natürlich.«

Sie zog eine Schublade heraus. Uns schlug eine Welle gekühlter Luft entgegen. Sie hob das Tuch von dem Kopf. Die Frau war gut fünfzig Jahre alt, mit langem schwarzem Haar. Normalerweise wird ein Gesicht durch den Tod entstellt, doch in diesem Fall nicht so sehr, als dass ich nicht bemerkt hätte, dass die Frau etwas auf ihr Äußeres gehalten hatte.

Ich nickte, und die Ärztin schloss die Schublade.

»Ist sie Ihnen nicht bekannt?«, fragte sie.

»Nein.«

»Es wird anscheinend immer komplizierter«, sagte Doktor Dimitrijević. »Wir sind nicht mehr bloß auf die Buchhandlung beschränkt.«

»Ich hoffe nur, es handelt sich nicht um eine Epidemie«, fügte die Ärztin hinzu.

»Was für eine?«, fragte ich.

Sie zuckte die Schultern. »Sterben ohne Grund.«

Mit einer Kopfbewegung wies ich auf die geschlossene Schublade. »Was haben Sie über sie in Erfahrung gebracht?«

Die Ärztin ging zu dem Computertischchen, nahm ein Notizbuch vor und blätterte darin.

»Sie war Kustodin im Museum für Moderne Kunst ...«

»Dragana Stojanović?«

Sie hob den Blick vom Notizbuch.

»Sie kennen sie?«

»Nein. Ich habe gestern zum ersten Mal von ihr gehört.«

Beide schauten mich verdutzt an.

»Wir haben keine Epidemie. Es bleibt auch weiterhin auf die Buchhandlung beschränkt. Frau Stojanović war am Freitag gegen Abend dort.«

»In der Zeit, als der junge Mann starb?«, fragte Doktor Dimitrijević.

Die Ärztin blätterte erneut in ihrem Notizbuch.

»Lazar Žigić, Student der Veterinärmedizin.«

»Ja. Sagen Sie, haben Sie in der Nähe der Leiche der Frau Stojanović ein Buch entdeckt?«

Fräulein Doktor Vidić dachte nach.

»Ich glaube nicht, aber ich bin nicht sicher.«

»Hat die Haushaltshilfe die Wohnung aufgeräumt, bevor Sie eintrafen?«

»Ich denke nicht. Sie war zu verwirrt.«

»Ist sie in der Wohnung geblieben oder mit Ihnen hinausgegangen?«

»Wir sind alle gemeinsam gegangen. Ich habe mit ihrem Schlüssel zugeschlossen.«

»Könnten Sie mir den Schlüssel geben? Ich würde gern hingehen und mich dort ein bisschen umschauen.«

»Natürlich.«

Sie ging wieder zu dem kleinen Tisch, nahm ein weißes

Kuvert mittleren Formats und schüttelte daraus einen Schlüssel auf ihre Hand. Dann schrieb sie etwas in das Notizbuch, riss die Seite heraus und übergab sie mir zusammen mit dem Schlüssel.

»Hier ist auch die Adresse.«

Ich lächelte sie an. »Danke.«

»Warum interessiert es Sie, ob ein Buch in der Nähe war?«, fragte Doktor Dimitrijević.

»Weil wir in Ermangelung einer einfachen Lösung womöglich zu den komplizierteren Möglichkeiten Zuflucht nehmen müssen.«

»Woran denken Sie?«

»Sie haben mir gegenüber gewisse künstliche Substanzen erwähnt, die zum Tod führen können, ohne Spuren zu hinterlassen.«

»Das habe ich. Aber ich habe Ihnen auch erklärt, dass man da unmöglich herankommt. Außer wenn Sie annehmen, dass hier das Amt für Nationale Sicherheit involviert ist.«

»Lassen wir jetzt zunächst einmal beiseite, wie man an die Substanzen gelangen kann und wer da mit einbezogen ist. Im Augenblick interessiert mich mehr, wie man sie anwenden kann.«

»Das hängt von der Substanz ab. Wenn sie flüssig ist, genügt es, ein wenig auf eine Stelle zu tropfen, wo sie mit der Haut in Berührung kommen könnte. Ist sie pulverförmig, wird sie einfach dorthin geschüttet, wo man erwartet, dass jemand sie berührt.«

»Das könnte in beiden Fällen ein Buch sein?«

»Ja, das wäre möglich.«

»Wollen Sie sagen«, mischte sich die Ärztin ein, »dass wir es hier mit jemandem zu tun haben, der versucht, ›Der Name der Rose‹ zu imitieren?«

Wieder lächelte ich sie an. »Ich wusste nicht, dass Sie sich für Literatur interessieren.«

»Dachten Sie denn, mich interessiert nichts weiter als Autopsie?«

»Nein, natürlich …«

»Wenn das stimmt«, Doktor Dimitrijević rettete mich vor dem Herumgestottere, »dann sind wir in ernsthaften Schwierigkeiten. Obwohl ich auch weiterhin nicht sehe, wie irgendjemand an die Substanzen herankommen könnte. Vielleicht könnte ich ein bisschen herumhorchen bei ein paar Freunden, die Beziehungen zum Geheimdienst haben.«

»Das wäre sehr nützlich. Seien Sie bloß so diskret wie möglich, damit wir sie nicht unnötig alarmieren. Es ist nicht ausgeschlossen, dass ich auf einer völlig falschen Fährte bin.«

»Natürlich.«

»In Ordnung. Dann gehe ich jetzt und sehe mir die Wohnung der Frau Stojanović an.«

Die Ärztin ging zu einem Schränkchen neben dem kleinen Tisch mit dem Computer und holte Plastikhandschuhe.

»Nehmen Sie die. Ob die Fährte nun falsch ist oder nicht – sie können nichts schaden!«

17.

Noch nie hatte ich in einem Zimmer so viele Gemälde gesehen. Die Wände des Salons waren von oben bis unten mit gerahmten Bildern unterschiedlicher Größe bedeckt, die zueinanderpassten wie Teile eines Mosaiks und keinen freien Raum übrig ließen. Es war schwer, sich auf ein Bild zu konzentrieren, weil unweigerlich auch die Nachbarbilder ins Gesichtsfeld kamen.

Nur an einer Stelle, zwischen zwei hohen Fenstern, wurde dieses bunte Puzzle gestört durch ein schmales Regal voller Bücher. Es handelte sich hauptsächlich um Bände über Kunstgeschichte, aber auch literarische Werke, ausnahmslos in Luxusausgaben. Etwas Billiges hätte nicht in diese teure Galerie gepasst.

Ich sah mir die Säule aus Büchern an. Zuerst schienen sie mir völlig ungeordnet hingestellt. Aber das hätte überhaupt nicht zu Frau Stojanović gepasst. Doch dann merkte ich, dass es immerhin eine Ordnung gab, nur anders, als ich sie erwartet hatte. Die Bücher waren nicht nach Titeln geordnet, sondern nach den Namen der Autoren.

Ich zog mein Handy hervor und machte einige Aufnahmen. Ich wollte sie später am Computer auswerten, aber die Ungeduld siegte. Im Übrigen hatte ich es ja nicht eilig. Ich trat zum Regal und ließ den Blick über die Buchrücken in der obersten Reihe gleiten.

Als ich bis zur unteren Hälfte des Regals gekommen war,

gab es noch immer keine Abweichungen. Ich zögerte kurz, ob ich es bleiben lassen sollte, aber ich fuhr fort. In der vorletzten Reihe angelangt, war ich bitter enttäuscht. Als hätte jemand ein Versprechen gebrochen, das er mir gegeben hatte.

Und dennoch wurde das Versprechen gehalten. In der untersten Reihe schließlich war die Reihenfolge gestört. Beinahe hätte ich aufgeschrien! Wenn mich irgendetwas an meine Arbeit als Kommissar bindet, dann sind es diese Augenblicke, wenn sich zeigt, dass Beharrlichkeit sich auszahlt. Dass eine scheinbar sinnlose Suche dennoch nicht sinnlos ist …

Ich setzte mich auf den Fußboden, um besser zu sehen. Die letzten sieben Bücher hätten sich nicht in dieser Reihe befinden dürfen. Die Namen der Autoren gehörten viel weiter nach oben. Rasch setzte ich ihre Anfangsbuchstaben zusammen – aber zunächst schwand meine Begeisterung jäh. Was zustande kam, ergab keinen Sinn.

Als Nächstes machte ich ein Akronym aus den Titeln, doch auch das brachte keine Früchte. Entmutigt starrte ich eine Weile auf die sieben Bücher, dann zog ich Notizheft und Stift hervor und schrieb die Namen der Autoren und die Titel auf. So hatte ich sie übersichtlicher vor mir, nicht nur als vertikale Aufschriften auf den Buchrücken.

Doch ehe ich mich in das Rätsel vertiefen konnte, klingelte das Telefon auf dem Ecktischchen. Ich blickte auf und überlegte, was zu tun wäre. Es läutete noch zweimal, ehe ich mich vom Fußboden erhob. Während ich zum Telefon ging, schaltete sich der Anrufbeantworter ein.

Die aufgezeichnete weibliche Stimme gab eine spontane Lüge von sich. Später auf den versäumten Anruf zu antworten, dazu würde sie leider nicht imstande sein. Man hörte ein Klicken, danach eine männliche Stimme, die mich erstarren ließ.

»Ich habe eine großartige Nachricht, Frau Stojanović«,

sagte der Doppelgänger von Albert Einstein. »Es ist hier! Diesmal gibt es keinen Zweifel! Sie werden es heute Abend sehen! Am gewohnten Ort, neun Uhr. Alle werden kommen. Sie sind so aufgeregt. Denken Sie nur, das *letzte Buch*! Endlich! Wir erwarten Sie!« Er hielt einen Moment inne und fügte dann schnell hinzu: »Versuchen Sie nichts selber. Sie wissen ja, wie gefährlich das ist.«

Als die Verbindung unterbrochen war, klickte es wieder, und dann war alles still. Ich stand mitten im Salon, ein Bein vorgeschoben. Die Stimme wie auch das, was sie gesagt hatte, war erstaunlich, doch nicht deshalb blieb ich unbeweglich stehen. Zwischen den Worten, die gesagt worden waren, befand sich eines, das sich von den Übrigen unterschied, so als sei es kursiv geschrieben. Trotz dieser Offensichtlichkeit erkannte ich es nicht sofort.

Als mir endlich ein Licht aufging, nahm ich rasch das Notizheft und umkringelte sieben Buchstaben. Nichts. Dann weitere sieben. Und da tauchte plötzlich der Sinn auf. Es war ein Akronym, aber nicht aus den ersten, sondern aus den letzten Buchstaben gebildet. Hätte Professor Nedeljković dieses Adjektiv nicht benutzt, wäre es mir entgangen, obwohl ich es hätte erraten müssen. Auch die Bücher waren die Letzten in der Reihe.

Ich probierte es zuerst mit den Titeln, aber ohne Erfolg. Die Botschaft lag in den Buchstaben, auf die die Namen der Autoren endeten.

Eine ganz kurze Botschaft.

ICH MUSS.

Ich erwachte aus meiner Benommenheit, wandte mich um, ging zum Regal und hockte mich hin. Ich streckte die Hand aus, zog sie jedoch zurück, ehe ich die Bücher berührte. Aus der Manteltasche nahm ich die Plastikhandschuhe, die mir Fräulein Doktor Vidić gegeben hatte, und streifte sie über.

Ich wollte das Erste der sieben Bücher herausziehen, und

als ich es berührte, merkte ich, dass es ganz locker dastand. Ich überprüfte die vorletzte Reihe und auch noch zwei darüber. Überall standen die Bücher eng nebeneinander. Es sah aus, als wäre dem auch in der untersten Reihe so, doch der Schein trog. Ein Buch war hier herausgenommen worden, und die Übrigen waren so zurechtgestellt worden, dass man die Lücke nicht mehr sah.

Ich richtete mich auf und blickte mich im Salon um. Außerhalb des Regals befand sich kein einziges Buch. Gerade wollte ich auch in den anderen Räumen nachschauen, da klingelte mein Handy in der Tasche.

»Hallo?«

»Doktor Dimitrijević. Würden Sie bitte wieder herkommen? Hauptkommissar Milenković vom Amt für Nationale Sicherheit ist hier.«

18.

Der Pförtner im Institut für Gerichtsmedizin war nun die Geschäftigkeit in persona. Zweifellos trug die Anwesenheit der zwei Agenten im Foyer dazu bei. Der Fernseher hinter ihm war ausgeschaltet, und unnötigerweise war er aufgestanden. Geschäftig schaute er auf meine Dienstmarke, als hätte er sie nicht schon vor einer Stunde gesehen. Schließlich nickte er mir zu. Ich ging an den Agenten vorbei und machte mich auf den Weg zu Doktor Dimitrijevićs Büro.

Er empfing mich mit den gleichen zweideutigen Worten wie voriges Mal.

»Ach, Sie sind schon da.«

»So schnell ich konnte«, antwortete ich.

Er wies auf den freien der beiden Stühle vor seinem Schreibtisch.

»Bitte sehr. Das ist Hauptkommissar Milenković.«

Wir gaben uns die Hand, ehe ich mich setzte. Hauptkommissar Milenković war ein kleiner, untersetzter Herr in den Fünfzigern mit Halbglatze. Wäre ich ihm irgendwo anders begegnet, so hätte ich nicht gedacht, dass er im Amt für Nationale Sicherheit arbeitet. Er wäre mir eher wie ein Friseur oder ein Zahnarzt vorgekommen. Aber was wäre das für eine Geheimpolizei, wenn man ihre Mitarbeiter leicht erkennen könnte?!

»Die Pathologen der Geheimpolizei sind augenblicklich im Kühlschrank. Sie prüfen unsere Obduktionsbefunde.«

»Haben sie kein Vertrauen in Ihren Sachverstand?«

»Doch«, sagte Hauptkommissar Milenković. »Wir sind nur besser ausgerüstet.«

»Bedeutet das, Sie übernehmen den Fall?«

»Nein. Fahren Sie nur mit den Ermittlungen fort. Wir werden zusammenarbeiten.«

»Ich hatte nicht angenommen, dass Sie das interessieren würde.«

»Uns interessiert alles, was die nationale Sicherheit bedrohen kann.«

»Glauben Sie, dass es sich hier um so etwas Großes handelt?«

»Vielleicht nicht. Aber wir werden dafür bezahlt, dass wir Paranoiker sind. Man darf keine Möglichkeit im Voraus ausschließen.«

»Terrorismus?«

»Unter anderem. Berichten Sie mir bitte, was Sie herausgefunden haben.«

»Fast nichts. Wir hatten in kurzer Zeit drei Todesfälle in der Buchhandlung ›Papyrus‹ und einen außerhalb davon. Allen gemeinsam ist, dass die Todesursache fehlt. Doktor Dimitrijević hat Ihnen bestimmt die medizinische Seite der Fälle erklärt.«

»Ich habe erklärt, dass wir nichts festgestellt haben«, sagte der Doktor. »Wir werden in Kürze sehen, ob die Kollegen vom Sondereinsatzkommando erfolgreicher sein werden. Wie gesagt, sind sie besser ausgerüstet.«

»Unterscheidet sich diese Buchhandlung irgendwie von anderen Buchhandlungen?«, fragte Hauptkommissar Milenković.

Ich zuckte die Schultern. »Vielleicht dadurch, dass sie auf gehobene Literatur Wert legt. Aber das ist wohl kaum von Bedeutung bei dieser Sache.«

»Man weiß nie. Sie haben Literatur studiert, nicht wahr?«

Ich blickte ihn eine Weile wortlos an.

»Sie sind gut unterrichtet.«

»Das ist meine Arbeit. Sehen Sie bei den Vorgängen im ›Papyrus‹ Ähnlichkeiten mit einem literarischen Werk?«

Ich drehte mich rasch zu Doktor Dimitrijević um, der den Kopf gesenkt hielt.

»Wenn Sie an das Buch ›Der Name der Rose‹ denken, da gibt es gewisse Ähnlichkeiten.«

»Könnten Sie mir kurz den Inhalt des Buchs schildern?«

»Haben Sie es nicht gelesen?«

»Ich habe kaum Zeit zu lesen.«

»Schade. Dann wären Sie noch besser unterrichtet.«

»Ich werde mich bemühen, ›Der Name der Rose‹ zu lesen. Bis dahin werde ich Ihre Kurzfassung würdigen.«

»In einem mittelalterlichen Kloster ereignen sich eine Reihe Morde. Es stellt sich heraus, dass sie durch ein Buch hervorgerufen wurden, dessen Seiten mit Gift bestrichen sind. Die Opfer belecken beim Umblättern die Finger und werden so vergiftet.«

»Das ist schlau! Gibt es hier ein Buch, das die vier Todesfälle miteinander verbindet?«

»Die drei Toten in der Buchhandlung haben unmittelbar vor ihrem Tod in einem Buch gelesen, aber soweit uns bekannt ist, die Frau, die in ihrer Wohnung starb, nicht.«

»Aber sie hat die Buchhandlung auch besucht, nicht wahr?«

»Ja.«

»Haben die anderen drei dasselbe Buch gelesen?«

»Das wissen wir nicht. Niemand hat darauf geachtet.«

»Schade.«

»Vielleicht ist es egal, was sie gelesen haben. Es muss sich ja nicht nur um ein einziges Buch gehandelt haben wie in ›Der Name der Rose‹.«

»Ja.« Nach kurzem Nachdenken nickte Hauptkommissar Milenković. »Es können auch mehrere Bücher sein.«

»Eines oder mehrere Bücher«, meinte Doktor Dimitrijević, »wenn hier ›Der Name der Rose‹ nachgeahmt wird, dann haben wir es mit einem ernst zu nehmenden Gegner zu tun. Jemand verfügt über ein Gift, das zumindest nicht leicht nachgewiesen werden kann. Glauben Sie, Herr Hauptkommissar, dass Terroristen sich eine solche Waffe beschaffen können?«

»Schwerlich, aber doch nicht ganz ausgeschlossen. Es wird sehr wichtig sein, dass wir feststellen, welche Substanz benutzt wurde. Das wird uns dann an ihre Quelle führen, und diese Fährte werden wir weiter verfolgen.«

»Wenn überhaupt etwas benutzt wurde«, sagte ich halblaut.

Hauptkommissar Milenković musterte mich durchdringend.

»Wie meinen Sie das?«

»Vielleicht hat das alles gar nichts mit ›Der Name der Rose‹ zu tun?«

»Haben Sie eine andere Vermutung, wie vier Menschen sterben können, scheinbar ohne Grund?«

Ich schüttelte den Kopf.

»Nein.«

»Na gut. Dann werden wir uns auf die einzige Vermutung konzentrieren, über die wir derzeit verfügen.«

Ein Handy klingelte, aber dem Ton nach nicht meines. Hauptkommissar Milenković griff in seine Tasche.

»Ja?«

Er hörte eine Weile blinzelnd, aber wortlos zu. Dann steckte er das Handy wieder ein.

»Ich werde in den Autopsiesaal gerufen.«

»Soll ich mitkommen?«, fragte Doktor Dimitrijević.

»Nein, nein. Warten Sie bitte hier auf mich.«

Als der Hauptkommissar hinausgegangen war, wandte ich mich an den Doktor. Er wartete meine Frage nicht ab.

»Ich habe sie nicht gerufen, falls Sie das gedacht haben. Ich habe noch nicht einmal mit meinen Freunden telefonieren können, die Verbindung zur Geheimpolizei haben.«

»Wie haben sie es denn sonst erfahren?«

Er breitete die Arme aus und zuckte die Schultern.

»Keine Ahnung. Die haben ihre Leute überall.« Er hielt inne, dann kicherte er. »Oder sie haben es aus der Klatschpresse erfahren.«

Ich nickte.

»Das ist das Wahrscheinlichste.«

»Gab es in der Wohnung von Frau Stojanović etwas Interessantes?«

»Ihr Tod wird jemand anderen erfreuen. Ihre Erben bekommen eine riesige Bildersammlung.«

»Sind Bücher da?«

»Ein Regal voll.«

»Ist Ihnen eines davon ins Auge gefallen?«

»Dafür war keine Zeit. Ich hatte gerade begonnen, sie anzuschauen, da haben Sie mich angerufen, wieder herzukommen.«

Ich steckte meine Hand in die Tasche, um ihm die Schlüssel zur Wohnung von Frau Stojanović zurückzugeben, doch stattdessen nahm ich mein Handy heraus, das plötzlich klingelte.

»Hallo?«

»Kommissar Lukić«, sagte Hauptkommissar Milenković, »es wäre unbedingt nötig, die Buchhandlung ›Papyrus‹ ein wenig zu inspizieren. Könnten Sie Fräulein Gavrilović anrufen, dass sie uns öffnet?«

»Selbstverständlich«, antwortete ich nach kurzem Zögern. »Ich rufe Sie gleich zurück.«

Während ich wartete, bis Vera den Hörer abnahm, ging mir eine Vielzahl von Fragen durch den Kopf. Woher wusste er, wie eine der Inhaberinnen der Buchhandlung heißt? Weshalb wollte er, dass ich gerade sie anrufe und nicht Fräulein Bogdanović? Und weshalb nahm er an, ich hätte Veras private Telefonnummer?

»Vera, hier ist Dejan. Könntest du gleich zum ›Papyrus‹ kommen? Meine Kollegen wollen sich ein wenig in der Buchhandlung umsehen. Sie glauben, es ist am besten am Sonntag, wenn keine Kunden da sind.«

»Ist etwas passiert?«, fragte Vera verhalten.

»Ich erzähle es dir dann. Ich komme auch hin.«

Aus dem Hörer drang einige Zeit kein Laut.

»Gut. Ich bin in etwa fünfzehn Minuten dort.«

Ich drückte die Rückruftaste.

»Fräulein Gavrilović wird in fünfzehn Minuten im Laden sein.«

»Ausgezeichnet. Danke Ihnen.« Ich dachte, er werde auflegen, doch dann ließ er sich wieder vernehmen. »Nur noch eine Kleinigkeit, Kommissar: Haben Sie von dem *letzten Buch* gehört?«

»Wovon?«, fragte ich, wobei ich verzweifelt hoffte, meine Stimme werde mich nicht verraten.

»Ach, unwichtig«, erwiderte der Hauptkommissar nach kurzem Schweigen. »Darüber sprechen wir ein andermal. Sie werden auch zur Buchhandlung kommen, nicht wahr?«

»Selbstverständlich.«

19.

Außer Hauptkommissar Milenković vom Institut für Gerichtsmedizin stiegen sieben Angehörige vom Amt für Nationale Sicherheit aus – drei Frauen und vier Männer. Sie waren mit zwei Autos gekommen. Die Autos wirkten eher schäbig, waren unterschiedlich in Farbe und Typ, nicht ganz sauber. Ich war ihnen in geringem Abstand gefolgt und hatte mich dabei mit meinem Gefährt in diese unauffällige Kolonne eingereiht.

Als wir ankamen, war Vera bereits in der Buchhandlung. Sie stand hinter der Kasse. Ich beeilte mich, als Erster hineinzugehen. Als ich bei ihr war, lächelte ich sie an und strich ihr über den linken Arm.

»Es ist alles in Ordnung.«

Meine Worte heiterten ihre besorgte Miene nicht auf.

Hauptkommissar Milenković wandte sich an uns, während sich die Übrigen in der Buchhandlung in alle Richtungen verteilten und die Bücherregale in Augenschein nahmen. Einer der beiden Agenten aus dem Foyer des Instituts hielt sich an der Eingangstür auf.

»Guten Tag«, sagte der Hauptkommissar, ebenfalls lächelnd. »Fräulein Gavrilović, vermute ich?«

Sie nickte und ergriff die dargebotene Hand.

»Hauptkommissar Milenković«, stellte ich ihn vor. »Amt für Nationale Sicherheit.«

In Veras Augen traten Tränen.

»Bei uns ist noch nie die Geheimpolizei gewesen.«

»Dafür gab es auch keinen Grund«, erwiderte der Hauptkommissar.

»Und jetzt gibt es einen?«

»Es stirbt selten jemand in einer Buchhandlung. Dieser Laden ist offenbar eine Ausnahme. Vier Tote innerhalb von drei Tagen ist mehr als ein ausreichender Grund.«

Vera musterte den Hauptkommissar unsicher, dann mich.

»Drei, nicht vier«, verbesserte sie ihn in halb fragendem Ton.

Der Hauptkommissar wandte sich an mich.

»Haben Sie ihr noch nichts gesagt?«

»Es war noch keine Gelegenheit dazu.«

»Was hast du mir nicht gesagt?«

»Frau Dragana Stojanović«, begann ich langsam. »Kustodin ... Eure alte Kundin ... Erinnerst du dich?«

»Ja?«

»Sie ist gestorben. In ihrer Wohnung. Schon am Freitag.«

»Oh!«

Sie hielt sich die Hand vor den Mund.

»Ohne Grund«, fügte ich hinzu. »Nicht wahr, Hauptkommissar?«

Er sah mich kurz an, antwortete aber nichts.

»Wie Sie sehen«, wandte er sich an Vera, »gibt es gewichtige Gründe, die Buchhandlung zu durchsuchen. Mit Ihrer Erlaubnis natürlich.«

»Selbstverständlich«, erwiderte ich. »Fräulein Gavrilović wird keinen gerichtlichen Durchsuchungsbefehl verlangen.«

Der Hauptkommissar lächelte wieder.

»Danke. Wir werden nicht lange brauchen. Würden Sie bitte in der Nähe warten? Vielleicht muss ich Ihnen ein paar Fragen stellen.«

Vera nickte.

»Ausgezeichnet! Ich schlage die Teestube ›Zum Mandarin‹

vor. Sie ist hier in der Nähe. Bestimmt haben Sie von ihr gehört. Da gibt es hervorragende Tees. Es heißt, der Feigentee ist besonders gut. Ich bin überzeugt, Kommissar Lukić wird Ihnen gern Gesellschaft leisten. Ich komme dazu, sobald wir fertig sind.«

20.

Wir gingen die Straße entlang. Sie reichte mir den Schirm, hakte sich aber nicht bei mir unter. Nicht einmal unsere Schultern berührten sich.

Ich suchte nach dem rechten Wort für ein Gespräch, doch Vera kam mir zuvor. Ihre Stimme war kühl und angespannt.

»Was bedeutet das alles, Dejan?«

Ich wechselte den Schirm in die linke Hand, und mit der rechten umarmte ich ihre Schulter. Mir schien, als wollte sie Widerstand leisten, es dann aber doch nicht tat.

»Ich will dir alles sagen, was ich weiß. Aber ich weiß nicht viel.«

Sie blieb stehen und sah mich durchdringend an. So standen wir einige Sekunden.

»Woher weiß er von der Teestube?«, fragte sie, als wir weitergingen. »Und vor allem von dem Feigentee?«

Ich schüttelte den Kopf.

»Keine Ahnung. Ich kann nur raten. Er hat das gesagt, um dich zu beunruhigen. Ein alter Trick der Geheimpolizei. Sie versuchen dir einzureden, sie wüssten sehr viel über dich.«

»Dann lass hören, was du vermutest.«

»Ich werde dich nur zusätzlich beunruhigen.«

»Egal.«

»Jemand hat sie über unseren Besuch im ›Mandarin‹ informiert.«

»Der Besitzer?«, fragte sie ungläubig.

»Nicht ausgeschlossen. Doch ich bezweifle es.«

»Aber wer sonst?«

»Es war ein junges Paar dort.«

Sie wandte ihren Kopf zu mir und sah mich verdutzt an.

»Daran kann ich mich nicht erinnern.«

»Du hast nicht darauf geachtet. Du warst mit anderen Dingen beschäftigt.«

Ihre Stimme bekam einen vorwurfsvollen Unterton. »Ich dachte, du auch?!«

»Ja, natürlich. Aber das hat meine Aufmerksamkeit nicht völlig gelähmt. Ein Kommissar bleibt immer mit einem Teil seines Bewusstseins Kommissar, auch dann, wenn er verliebt ist.«

Als sie sich an mich schmiegte, schien sie zu beben.

»Aber warum sollte uns die Geheimpolizei überhaupt beschatten?«

»Offenbar interessiert sie die Buchhandlung schon seit geraumer Zeit.«

»Glaubst du, seit das mit den Toten anfing?«

»Wahrscheinlich schon früher.«

»Aber was kann das Amt für Nationale Sicherheit denn an einer gewöhnlichen Buchhandlung interessieren?«

»Vielleicht ist sie nicht ganz gewöhnlich.«

Wieder blieb Vera für einen Moment stehen.

»Wieso nicht? Du machst mir Angst, Dejan.«

Ich umarmte sie fester.

»Die Todesfälle sind ungewöhnlich.«

»Hast du nicht gesagt, es wären natürliche? Du hast mich verwirrt, als du vorhin ›ohne Grund‹ sagtest. Was hat das zu bedeuten?«

Wir hatten gerade die Teestube erreicht. Sie schritt auf den Eingang zu, doch ich hielt sie auf. Fragend sah sie mich an.

»Lass uns noch ein bisschen weitergehen. Es ist doch romantisch, so im Regen.«

Sie wollte etwas sagen, wartete aber ab, bis wir etwas weiter weg waren.

»Warum sind wir nicht hineingegangen?«, fragte sie schließlich, ungewöhnlich leise. »Mir ist kalt.«

»Weil wir womöglich nicht frei hätten reden können.«

»Ist da wieder ein Spion?«

»Nicht nötig. Vielleicht war auch beim ersten Mal keiner da.«

»Na, wie sonst …?«

»Wir haben bei einem Telefongespräch über die Teestube und den Feigentee gesprochen.«

Ein paar Schritte gingen wir schweigend.

»Glaubst du, sie hören uns ab?«

»Das ist ein gängiges Verfahren.«

»Und dann behaupten sie, wir leben nicht in einem Polizeistaat!«

»In einem Polizeistaat, in dem auch die Polizei abgehört wird …«

»Aber wie können sie uns jetzt in der Teestube abhören? Wir unterhalten uns doch nicht übers Telefon?!«

»Vielleicht haben sie da Wanzen angebracht. Das tun sie auch des Öfteren.«

Sie schüttelte den Kopf.

»Das kann ich nicht glauben. Aber wir müssen trotzdem zum ›Mandarin‹ gehen. Der Hauptkommissar hat gesagt, er werde uns dort aufsuchen.«

»Wir gehen ein bisschen später. Wir müssen nicht sofort.«

Wieder schwiegen wir eine Weile. Das eintönige Trommeln des Regens und unsere platschenden Schritte mischten sich nur manchmal mit dem Brummen eines vorbeifahrenden Autos. Vor uns lag die menschenleere Straße.

»Also?«

»Was denn?«

»Was bedeutet: ohne Grund?«

»Das bedeutet, dass es für keinen der vier Todesfälle einen medizinischen Grund gab. Zumindest, soweit Doktor Dimitrijević es beurteilen konnte.«

»Das verstehe ich nicht.«

»Ich auch nicht. Vielleicht wird die Equipe von Hauptkommissar Milenković etwas feststellen. Sie sind besser ausgerüstet als normale Pathologen.«

Sie dachte etwas nach, ehe sie die nächste Frage stellte.

»Haben sie einen Verdacht?«

»Das Amt für Nationale Sicherheit wird nie etwas von seinem Verdacht öffentlich verlauten lassen. Aber nach dem kurzen Gespräch mit dem Hauptkommissar habe ich den Eindruck, dass sie an Terrorismus denken.«

Sie blieb stehen und rückte von mir ab. Ihre rechte Körperhälfte stand im Regen.

»Terrorismus?«

Ich zog sie wieder unter den Schirm.

»Das ist das, womit sich das Amt in erster Linie beschäftigt, weil es für die nationale Sicherheit verantwortlich ist. Sie gehen der Möglichkeit nach, dass hier eine terroristische Gruppe eine neue biologische Waffe ausprobiert.«

An Veras unruhig funkelnden Augen sah ich, dass sie nachdachte, welche der vielen Fragen sie zuerst stellen solle.

»Wie setzen sie sie ein?«, fragte sie schließlich.

»Über die Bücher zum Beispiel. Sie vergiften ein Buch mit einer unauffälligen, tödlichen Substanz. Jeder, der damit in Berührung kommt, muss sterben. Aber es bleibt keine Spur.«

Wieder blieb sie stehen und schüttelte dann den Kopf. Ich drehte mich um und bewog auch sie kehrtzumachen. Wir gingen in die Richtung, aus der wir gekommen waren.

»Lass uns in die Teestube gehen. Genug der Romantik in der Kälte!«

»Darum hast du mich gefragt, welches Buch sie gelesen haben, bevor sie starben«, sagte sie nach einigen Schritten.

»Ja.«

»Aber warum gerade mein Laden?«

Ich zuckte die Schultern.

»Vielleicht ist es Zufall, vielleicht auch nicht.«

»Wenn nicht aus Zufall, was sonst an unserer Buchhandlung könnte die Terroristen anziehen?«

»Sagen wir, weil ihr im Unterschied zu großen Buchhandlungen keine Videoüberwachung habt.«

»Ich rede schon seit einiger Zeit auf Olga ein, sie einzuführen, aber sie stemmt sich dagegen. Sie ist gegen alle technischen Neuerungen.«

»Auch ich fände Kameras im ›Papyrus‹ unpassend.«

»Aber wenn sie die Terroristen abschrecken?!«

»Wenn die tatsächlich damit zu tun haben ...«

Sie musterte mich von der Seite.

»Du verwirrst mich, Dejan.«

»Ich bin selber verwirrt. Ich tappe im Dunkeln.«

»Wer könnte unsere Kunden sonst noch umbringen außer Terroristen?«

»Ein Serienmörder, der nicht weniger als die Terroristen in eine neue biologische Waffe eingeweiht ist.«

Es verging gut eine Minute, ehe sie sich wieder vernehmen ließ. In der Zwischenzeit hatte der Regen zugenommen, und es war starker Wind aufgekommen.

»Warum sollte sich ein Serienmörder ausgerechnet unseren Laden aussuchen? Außer, weil wir keine Kameras haben?«

»Dafür könnte es komplexere Gründe geben, nicht nur praktische.«

»Zum Beispiel?«

»Vielleicht hat das alles mit Literatur zu tun?«

»Was für Beziehungen könnte es zwischen den Morden und der Literatur geben?«

»Ich weiß nicht. Es ist nur eine Ahnung. Obwohl natürlich noch gar nicht bewiesen ist, dass es sich um Morde handelt.«

»Mal sehen, was der Hauptkommissar feststellt.«

»Ich fürchte, von ihm werden wir nichts erfahren.«

»Aber er muss uns etwas sagen! Vor allem, wenn es um Terroristen geht.«

»Wenn es Terroristen sind, dann werden sie eure Buchhandlung eine Zeit lang schließen. Ohne Erklärung.«

»Damit wäre unsere ganze Arbeit zunichte!«

»Sie würden noch viel mehr zunichtemachen als euren Laden, um einem Angriff auf die nationale Sicherheit vorzubeugen.«

Vera seufzte tief.

»Und wenn sie feststellen, es sind keine Terroristen?«

»Dann werden sie den Fall uns überlassen. Ein Serienmörder ist unter der Würde der Geheimpolizei.«

Wir waren bei der Teestube angelangt. Ich drückte die Klinke hinunter, öffnete aber nicht sofort.

»Solange wir auf den Hauptkommissar warten, führen wir ein unverfängliches Gespräch. Über Teesorten zum Beispiel. Ja?«

Sie warf mir einen langen Blick zu, dann nickte sie.

21.

Noch nie hatte ich ein so langes Gespräch über banale Dinge geführt. Als Hauptkommissar Milenković endlich erschien, war es schon fast halb fünf.

In der Zwischenzeit hatte ich mich ausführlichst über die heilenden und überhaupt wohltuenden Eigenschaften der fernöstlichen Teesorten informiert. Zuerst hatte Vera mir davon erzählt, aber obwohl sie im Verhältnis zu mir eine wahre Expertin darin war, konnte sich ihr Wissen dennoch nicht mit dem des Besitzers messen. Da keine anderen Kunden in der Teestube waren, gesellte er sich nach einiger Zeit zu uns. Er blieb bei uns, bis der Hauptkommissar eintraf, weil sonst niemand weiter erschien.

Es war angenehm, ihm zu lauschen, nicht nur wegen der interessanten Sachen, von denen er erzählte, sondern auch wegen seiner Sprache. Seine fehlerhafte Ausdrucksweise war voller komischer Wortverbindungen, sodass ich mehrmals nicht an mich halten konnte und lachen musste. Er nahm es mir nicht übel. Er lachte auch selber mit, obwohl mir nicht klar war, was ihm daran so lächerlich vorkam.

Er musste sich sehr bemühen, uns zu erklären, wofür der Lotostee gut sei. Wir schauten uns unsicher an, als er von »unten verschlossen«, »hart innen«, »will nicht gebären« sprach. Erst als er zur Toilettentür zeigte und mehrere Kreise mit dem Finger auf seiner Armbanduhr zog, verstand Vera als Erste.

»Gegen Verstopfung«, sagte sie und wurde rot.

Noch bildhafter beschrieb er, wann man einen Tee trinken müsse, der auf der Karte als Schmetterlingspulver-Tee bezeichnet war. Er bemühte sich eine Weile, die rechten Worte zu finden, aber da wir nicht begriffen, zog er eine echte pantomimische Vorstellung ab. Zuerst beschrieb seine Hand die Form einer Vase auf dem Tisch, dann tat er offenbar eine Blume hinein. Durch den erhobenen Zeigefinger dargestellt, stand die Blume eine Zeit lang aufrecht, dann begann sie langsam zu welken. Als in die Vase ein Elixier aus Schmetterlingspulver hineingeschüttet wurde, hob sich die Blume rasch wieder.

Wir verstanden beide gleichzeitig, sodass niemand aussprechen musste, was durch diesen Tee geheilt wird. Der Alte strahlte vor Freude, als er in unseren Mienen las, dass es ihm ohne Worte gelungen war, es uns zu erklären.

Diesmal tranken wir keinen Feigentee. Als ich ihn bestellen wollte, schlug der Teestubenbesitzer etwas anderes vor.

»Tee von Algen ist gut für Kopf.«

Vera runzelte die Stirn. »Wir haben keine Kopfschmerzen.« Sie wandte sich an mich. »Zumindest nicht im wörtlichen Sinne.«

»Nicht für Schmerzen-Kopf. Für Arbeit-Kopf.«

Ich war nicht sicher, was er sagen wollte, ehe ich den Algentee nicht probiert hatte. Bereits nach zwei Schlucken fühlte ich mich fit wie nach einem gesunden Schlaf. Mir schien, als wären meine Gedanken bis vor Kurzem noch wie mit einem Schleier überzogen gewesen, der sich nun lüftete, sodass ich alles klarer sah. Mein Kopf arbeitete tatsächlich besser.

Das Getränk wirkte auch positiv auf Vera. Ich weiß nicht, wie es um ihre Gedanken stand, aber sie begann sich zu entspannen. Nachdem sie, schneller als ich, die Tasse leer getrunken hatte, vertiefte sie sich mit dem Alten in ein fröhliches

Gespräch über Teesorten. Sie machte gar nicht mehr den Eindruck einer Inhaberin der Buchhandlung, die soeben von der Geheimpolizei durchsucht wird.

Als Hauptkommissar Milenković endlich die Teestube betrat, sah ihm Vera mit vorwurfsvoller, nicht aber ängstlicher Miene entgegen.

»Werden Sie den Laden schließen, Herr Hauptkommissar?«, fragte sie trotzig, als er sich an unseren Tisch setzte.

Statt einer Antwort wandte er sich an den Alten, der sogleich aufgestanden war, als sich die Tür der Teestube geöffnet hatte, und der nun lächelnd neben dem Tisch stand.

»Rote-Bete-Tee bitte«, sagte er.

Der Besitzer verbeugte sich wortlos und ging, um den Tee zuzubereiten.

»Ich dachte, Sie trinken lieber Feigentee?!«

»Rote Bete sind ausgezeichnet, wenn Sie einen erhöhten Triglyzeridspiegel haben.« Er zeigte auf meine Tasse, in der noch Tee war. »Sie beide haben auch eine andere Sorte gewählt.«

»Die wurde uns für langes Warten empfohlen«, setzte Vera in gleichem Ton fort.

Er sah sie einen Augenblick schweigend an.

»Sie haben viele Bücher in Ihrem Laden, Fräulein Gavrilović.«

»So wie es sich für eine Buchhandlung auch gehört. Also – wird sie nun geschlossen?«

Er schüttelte den Kopf.

»Dafür gibt es keinen Grund.«

»Sie haben nichts gefunden?«

»Nichts, was so eine drastische Maßnahme erforderlich machte.«

»Das heißt, es sind keine Terroristen im Spiel?«

Hauptkommissar Milenković warf mir einen kurzen Blick zu.

»Jemand hat Sie unnötig in Angst versetzt.«

»Und was machen wir mit den plötzlichen Todesfällen?«

»So etwas kommt vor.«

»Aber so häufig? Und noch dazu ohne Anlass?«

»Für den Tod gibt es immer einen Anlass. Man muss ihn nur finden. Wir arbeiten daran.«

Vera hob die Teetasse. Erst als sie sie zum Mund führte, wurde ihr bewusst, dass sie leer war.

»Wird noch mehr passieren?«

»Wer kann schon die Zukunft voraussagen?«

»Und wenn doch?«

»Dann sehen wir uns wieder.«

Der Alte kam und brachte auf einem Tablett eine kleine Teekanne und eine Tasse. Er stellte alles vor Hauptkommissar Milenković ab und schenkte den Tee ein.

»Warten, Herr, nicht trinken heiß. Heiß nicht gut für Blut.«

»Ich weiß. Danke.«

Er nahm das Löffelchen, begann schweigend den Tee umzurühren und wartete, bis sich der Besitzer der Teestube entfernt hatte.

»Möchten Sie vielleicht von dem Rote-Bete-Tee probieren?«, bot er Vera an, wobei er auf seine Tasse wies.

»Nein, danke. Meine Triglyzeridwerte sind in Ordnung.«

»Seien Sie froh! Ich möchte Sie gern etwas fragen. In die Buchhandlung kommen manchmal Leute, die sich merkwürdig benehmen, nicht wahr?«

»Sonderbar?«

»Ja. Da gibt es verschiedene. Einer interessiert mich besonders. Statt Bücher zu kaufen, hinterlässt er seine eigenen. Wissen Sie, wen ich meine?«

Vera antwortete nicht sofort. Eine Zeit lang sah sie zu, wie der Löffel in der Tasse des Hauptkommissars kreiste.

Als sie endlich zu reden begann, klang ihre Stimme gedämpft. »Ich weiß.«

»Können Sie mir etwas über ihn sagen? Wie heißt er? Was arbeitet er? Wo können wir ihn finden?«

»Ich vermeide jeden persönlichen Kontakt mit den Kunden. Besonders mit solchen, die sich sonderbar benehmen.«

»Das trifft offenbar nicht immer zu. Es war Ihnen nicht unbekannt, wie die letzte Person, die verstarb, hieß und womit sie sich beschäftigt hat. Frau Stojanović, Kustodin. Auch sie benahm sich sonderbar. Sie stellte die Bücher im Regal um nach ihrem Gutdünken. Nicht wahr, Kommissar Lukić?«

Wir sahen uns direkt in die Augen, bis Vera wieder das Wort ergriff.

»Frau Stojanović war eine Ausnahme. Kunden mit sonderbarem Benehmen pflegen sich nicht vorzustellen. Ganz im Gegenteil. Jedenfalls hat der Herr, der seine eigenen Bücher bringt, das nicht getan. Ich weiß nichts über ihn.«

»Bitte melden Sie sich auf jeden Fall, wenn er wieder auftaucht. Hier ist meine Telefonnummer.«

Aus seiner Innentasche zog er Notizblock und Stift und notierte eine Nummer, dann riss er das Blatt heraus und reichte es Vera.

»Müssen wir uns vor ihm in Acht nehmen? Ist er gefährlich?«

»Das wird er nicht sein, wenn Sie es mir melden, sobald er erscheint.«

»Das werde ich tun.«

Der Hauptkommissar hörte auf, seinen Tee umzurühren, nahm einen kräftigen Schluck und verzog dabei das Gesicht zu einer Grimasse.

»Er schmeckt grässlich, aber er ist sehr gesund.« Er stellte die Tasse ab. »Hat das *letzte Buch* für Sie eine Bedeutung?«

Vera sah mich an, ehe sie mit einer Frage erwiderte.

»Welches *letzte Buch*?«

Auch der Hauptkommissar wandte seinen Kopf kurz in meine Richtung.

»Alle wundern sich, wenn sie davon hören …«

»Wovon?«, fragte Vera. »Ich verstehe Sie nicht.«

»Ich möchte Sie bitten aufzupassen, wenn jemand das *letzte Buch* erwähnt. Es könnte wichtig sein.«

»Soll ich Ihnen auch das melden?«

»Ich wäre Ihnen dankbar dafür.«

»Bin ich nun zur Spionin der Geheimpolizei avanciert?«

»Sie können nicht erwarten, dass die Polizei Ihnen hilft, wenn Sie nicht mit ihr zusammenarbeiten. Nicht wahr, Kommissar Lukić?«

»Sie haben auch zu mir gesagt, wir würden zusammenarbeiten. Aber müsste naturgemäß eine Zusammenarbeit nicht beiderseitig sein?«

»Zumindest Sie sollten wissen, dass bei einer solchen Arbeit nicht alles gesagt werden kann.«

»Nicht alles, aber vielleicht etwas. So könnten wir besser zusammenarbeiten.«

Erneut die Stirn runzelnd, trank der Hauptkommissar die Tasse leer.

»Am besten könnten wir zusammenarbeiten, wenn Sie nichts vor mir verbergen würden.« Er stand auf. »Entschuldigen Sie mich. Ich muss jetzt gehen. Hier ist der Schlüssel von der Buchhandlung, Fräulein Gavrilović.«

Er zog ihn aus der Manteltasche und legte ihn auf den Tisch, zusammen mit etwas Geld für den Tee. Er war schon auf dem Weg zur Tür, da drehte er sich um und kam zurück. Diesmal griff er in die Hosentasche, zog einen Geldschein heraus und legte ihn neben den Schlüssel.

»Beinahe hätte ich es vergessen. Das ist für das Buch. Ich war so frei, es mir zu nehmen. Ich hoffe, Sie haben nichts dagegen.«

»Welches Buch?«, fragte Vera verdutzt.

»›Der Name der Rose‹. Man hat mir empfohlen, es auf alle Fälle zu lesen.«

22.

Als der Hauptkommissar gegangen war, blieben wir nur noch kurze Zeit. Wegen der Einschränkung auf ein unverfängliches Gespräch hielt Vera es nicht mehr auf ihrem Stuhl aus.

Der Alte gab jedem von uns zum Abschied ein Tütchen mit darauf geschriebenen Schriftzeichen.

»Algentee«, sagte er mit einer Verbeugung. »Vielleicht brauchen, wenn Kopf arbeiten, wenn nicht in Teestube.«

Diesmal bezahlte ich, aber der Betrag war so gering, dass ich mich fragte, wie sein Geschäft bei den niedrigen Preisen und den wenigen Gästen überhaupt bestehen konnte. Wahrscheinlich hatte er abends oder bei schönem Wetter mehr Kundschaft.

Hart peitschend fiel der Regen, als wir hinauskamen. Fast im Laufschritt erreichten wir die Buchhandlung, wobei wir den Schirm mehr wie einen Schutzschild nach vorn hielten als über unsere Köpfe. Vera zog rasch den Schlüssel hervor, aber ich nahm sie beim Arm, ehe sie die Buchhandlung betrat.

»Du musst doch hungrig sein.«

Sie schaute mich fragend an und nickte.

»Ja. Ich habe bloß gefrühstückt.«

»Ich nicht einmal das. Komm, lass uns etwas essen gehen.«

»Ich wollte nur einen Blick hineinwerfen.«

»Du kannst später wieder hierher zurückkommen.« Sie

zögerte, und ich fuhr fort: »In einem Restaurant können wir freier reden.«

Sie brauchte ein wenig, ehe sie begriff. Sie ging zum Schaufenster, drückte den Kopf an die Scheibe und deckte das Gesicht seitlich mit den Händen ab.

»Nichts zu sehen«, sagte sie, als sie wieder vom Fenster abrückte.

»Wenn du das Licht einschaltest, wirst du besser sehen können. Nur nicht das, was sie hinterlassen haben. Das sind Profis. Komm.«

Wir fuhren mit meinem Auto. Sie wollte mich etwas fragen, als wir einstiegen, doch ich machte ein Zeichen zu schweigen. Sie sah mich rasch von der Seite an, dann wandte sie den Blick nach vorn und schaute durch die Windschutzscheibe, über die eifrig die Scheibenwischer glitten. Ich legte kurz meine Hand auf ihre Hände, die sie gefaltet im Schoß hielt. Als sie mich wieder ansah, lächelte ich ihr zu, doch das milderte ihren besorgten Ausdruck nicht.

Ich wählte ein Restaurant, in dem ich noch nie gewesen war. Es befand sich in einer Gegend mit vielen kleinen Restaurants und Cafés. Innen schlugen uns die Gerüche nach gewürzten Speisen und nach Bier entgegen. Einer der vier Tische war besetzt. Eine ausgesprochen dicke Kellnerin mit Flaumhärchen über der Oberlippe bediente uns. Die Musik, die gespielt wurde, gefiel mir nicht, aber zum Glück war sie gedämpft.

Nachdem wir bestellt hatten, rückten wir über dem Tisch mit den Köpfen zusammen und begannen fast flüsternd zu sprechen. Das war nicht nötig, denn niemand beachtete uns. Doch die Paranoia tat das Ihre.

»Schrecklich«, sagte Vera. »Mein Leben ist völlig durcheinandergeraten.«

»Am besten, du achtest nicht darauf. Verhalte dich normal, so wie bisher.«

»Wie soll ich das machen, wenn ich weiß, ich werde ständig beaufsichtigt?«

»Du stehst nicht unter Aufsicht. Das Amt für Nationale Sicherheit interessiert sich für andere.«

»Natürlich werde ich beaufsichtigt, wenn sie jedes Wort hören können, das ich in der Buchhandlung sage.« Sie kniff die Augen ein wenig zusammen, als ihr etwas einfiel. »Und vielleicht können sie mich auch sehen? Sie haben Videokameras aufgestellt, nicht nur Mikrofone, was?«

Ich holte tief Luft.

»Wahrscheinlich. Aber betrachte das mal von der heiteren Seite. Nun brauchst du dich wenigstens nicht mehr mit Olga anzulegen wegen der Installation einer Videoüberwachung.«

Ihre Stimme wurde etwas höher. »Du findest das zum Lachen und bist doch selbst ein Opfer der Geheimpolizei! Du kannst nicht mal in deinem eigenen Auto sprechen!«

»Ich wäre ein Opfer, wenn ich nicht wüsste, dass man mich abhört. Aber der Hauptkommissar hat es mir zu verstehen gegeben.«

»Warum hört überhaupt eine Polizeiabteilung die andere ab? Seid ihr denn nicht alle ein Teil desselben Teams?«

Ich fuhr mir mit den Fingern durch die Haare.

»Das sind wir natürlich. Aber deshalb gibt es ja die Abteilungen, damit sie selbstständig arbeiten können. So ist die Polizei eben eingerichtet. Natürlich arbeiten wir auch miteinander, aber wie man sieht, unterscheidet sich unsere Auffassung von Zusammenarbeit. Manchmal geht sie glatt, und manchmal erfolgt sie durch andere Mittel. Zum Beispiel durch Abhören. Ich stimme zu, das alles mag Außenstehenden kompliziert erscheinen.«

»Sehr kompliziert. Aber lassen wir mal die Beziehungen innerhalb der Polizei. Was bedeutet es, dass sie den Laden nicht schließen werden?«

»Das bedeutet, dass sie wahrscheinlich keine Spuren einer terroristischen Tätigkeit gefunden haben.«

Die Kellnerin unterbrach uns, sie trug Suppe auf und wünschte uns einen guten Appetit. Ihre piepsende Stimme passte nicht zu ihrer Leibesfülle.

Der Hunger gewann die Oberhand über die Neugierde. Wir aßen die Suppe schweigend, schneller, als es der Anstand gebot. Vera begann erst wieder zu reden, als wir die Hauptmahlzeit schon beinahe verspeist hatten.

»Was für Spuren haben sie denn gesucht?«

Zwischen zwei Bissen zuckte ich die Schultern.

»Ich weiß nicht. Jedenfalls etwas in Verbindung mit Büchern. Bestimmt haben sie alle durchgesehen.«

»Alle? Weißt du, wie viele Bücher wir haben?«

»Viele, ich weiß. Aber ich weiß auch, wie effizient sie sind. Übrigens haben sie sich recht lange aufgehalten.«

»Wenn sie nichts gefunden haben, weshalb überwachen sie uns dann? Du hast mir gesagt, alles Geringere als Terrorismus sei unter ihrer Würde.«

»Vielleicht ist es nicht geringer.«

»Aber der Hauptkommissar hat gesagt ...«

»Der Hauptkommissar hat ganz wenig gesagt. Er ist sehr geschickt darin, fast gar nichts zu sagen. Er hat nicht abgestritten, dass es sich um Terrorismus handelt. Wenn sie nichts gefunden haben, der Laden sie aber weiterhin interessiert, dann ist der Terrorismus noch im Spiel.«

Eine Zeit lang kaute sie nur nachdenklich.

»Wäre es nicht besser, wenn sie die Buchhandlung doch geschlossen hätten?«

»Weshalb?«

»Dass sie keine Spur gefunden haben, bedeutet gar nichts. Wenn die Terroristen eine neue biologische Waffe einsetzen, wie du gesagt hast, dann ist sie vielleicht gar nicht zu entdecken. Es ist gut möglich, dass sich in unseren Regalen immer noch das eine oder andere vergiftete Buch befindet.«

Ich schüttelte den Kopf.

»Nein. Wenn es so wäre, dann wäre jemand aus der Equipe von Hauptkommissar Milenković zu Schaden gekommen. Vergiss nicht, sie haben alles geprüft. Wenn die Bücher nicht in Ordnung wären, hätten sie euch nicht weiterarbeiten lassen.«

Sie trank ein halbes Glas Mineralwasser.

»Aber wenn alle Bücher sicher sind, warum sind dann die Leute gestorben? Wie der Hauptkommissar sagte, eine Todesursache *muss* es geben!«

»Ja, natürlich. Das könnte auch weiterhin ein Buch sein.«

Die Gabel blieb ihr auf halbem Wege zum Mund stehen.

»Aber wenn kein Einziges vergiftet ist?«

»Na, das betreffende Buch befindet sich wohl nicht mehr im Laden …«

»Glaubst du, jemand habe es inzwischen gekauft?«

»Oder gestohlen. Egal. Wie er es auch erlangt haben mag, er ist ebenfalls daran gestorben. Wenn überhaupt ein Buch schuld ist, so ist es offenbar lebensgefährlich!«

Sie hörte auf zu kauen.

»Frau Stojanović …«

Ich nickte.

»Das heißt also, das Buch ist in ihrer Wohnung?«

»Wenn es da ist, dann habe ich es nicht erkannt. Ich war gegen Mittag dort, als die Leiche hinausgetragen wurde. Alle Bücher befinden sich in einem Regal im Salon. Kein Einziges ist mir verdächtig vorgekommen.«

Sie legte Messer und Gabel auf den Teller und wischte den Mund mit der Serviette ab.

»Hast du Hauptkommissar Milenković informiert? Er könnte seine Leute dorthin schicken, damit sie es suchen.«

»Es war nicht nötig, ihn zu benachrichtigen«, erwiderte

ich, während auch ich das Besteck hinlegte. »Er weiß vom Tod der Frau Stojanović und hat wahrscheinlich längst seine Leute in ihre Wohnung geschickt. Jedenfalls, wenn das Buch dort ist, kann es niemandem weiter schaden. Gefahr lauert von anderer Seite.«

Die Kellnerin kam und räumte die Teller ab.

»Möchten Sie einen Kaffee?«, bot sie piepsend an.

Ich schaute auf die Uhr, dann zu Vera. Sie schüttelte den Kopf.

»Nein, danke. Bitte die Rechnung.«

»Von welcher Seite?«, fragte Vera, als sich die Kellnerin entfernt hatte.

»Wer auch immer das Buch vergiftet hat – ein Terrorist, ein Serienmörder oder sonst jemand –, wird sehen, dass es nicht mehr im Regal ist. Was wird er dann tun?«

Vera hatte keine Zeit zu antworten, denn wieder kam die Kellnerin und stellte das Tablett mit der Rechnung vor mich hin. Ich schaute auf die Summe, zog mein Portemonnaie heraus und gab ihr mit einem Wink des Kopfes zu verstehen, dass ich kein Wechselgeld erwartete. Sie dankte mit einem Lächeln, bei dem ihre Flaumhärchen zitterten.

»Er wird möglicherweise irgendein anderes Buch in unserem Geschäft vergiften«, sagte Vera leise, als wir wieder allein waren.

»Das ist wenig wahrscheinlich. Er muss damit rechnen, dass euer Laden überwacht wird. Selbst wenn du und Olga ihn nicht bemerkt, so wird er doch von denen bemerkt werden, die die Buchhandlung per Videokamera im Auge haben.«

»Aber wie sonst?«

»Es ist nicht nötig, dass er sich der Gefahr aussetzt und ein Buch vor Ort vergiftet. Er wird ein neues vergiftetes Buch bringen.«

»Man wird ihn sehen, wenn er es ins Regal stellt.«

»Nicht unbedingt. So etwas kann man auch unbemerkt tun. Hast du mir nicht gesagt, einem eurer Patienten gelingt das immer heimlich, obwohl ihr ihn genau beobachtet? Nebenbei gesagt, weißt du wirklich nicht, wer er ist?«

Vera warf mir einen verwunderten Blick zu.

»Nein, wirklich nicht. Ich hätte nicht gewagt, den Hauptkommissar anzulügen. Und warum sollte ich auch?«

»Ich habe gehofft, du wärest auf meiner Seite.«

»Natürlich bin ich auf deiner Seite. Aber ich habe nicht geahnt, dass dazu auch das Anlügen der Polizei gehört.«

»Ich bin auch die Polizei.«

Sie seufzte.

»Damit ich kein Opfer eurer verzwickten Beziehungen werde, wäre es gut, wenn du mir in Zukunft sagtest, wie ich mich verhalten soll. Dann kann ich leichter auf deiner Seite sein.«

»Wenn dieser Patient wieder auftaucht, dann bitte ich dich, gib zuerst mir Bescheid.«

»Aber der Hauptkommissar …?«

»Du meldest es dem Hauptkommissar ebenfalls. Ein bisschen später. Damit tust du nichts Unrechtes.«

Sie sah mich eine Weile wortlos an, dann nickte sie.

»Obwohl das freilich nicht unbedingt nötig sein wird«, fuhr ich fort.

»Wieso?«, fragte sie unsicher.

»Bestimmt werden alle deine Telefone schon abgehört. So wie meine übrigens auch. Aber wir werden dem zuvorkommen! Selbst der Geheimdienst ist nicht allmächtig. Morgen werde ich zwei neue Handys kaufen. Die werden wir nur zu besonderen Anlässen benutzen. Für alles andere sprechen wir normal über die alten Telefone.«

Sie schüttelte den Kopf.

»Wie kann ich normal sprechen, wenn ich weiß, dass ich abgehört werde?«

»Das ist nicht so schwer, wenn du weißt, dass sie wissen, dass du weißt, dass du abgehört wirst.«

Sie hob abwehrend die Hände.

»Das versuche ich gar nicht erst zu verstehen.«

»Musst du auch nicht. Es reicht schon, wenn du dich normal verhältst, so als würden sie dich nicht abhören.«

Wir sahen uns kurz an und schwiegen. Dann stand sie auf, und ich erhob mich ebenfalls.

»Was ist das für ein *letztes Buch*, das der Hauptkommissar erwähnt hat?«, fragte sie, als ich ihr in den Mantel half.

»Dafür haben wir jetzt keine Zeit. Aber ich werde dir alles sagen, was ich weiß, wenn ich heute Abend wieder zum Tee eingeladen werde. Feigentee, versteht sich, kein Algentee.«

Sie lächelte und strich mir über die Wange.

»Natürlich.«

23.

Ich fuhr Vera zur Buchhandlung. Während der Fahrt redeten wir über das Wetter. Sie verhielt sich gekünstelt normal wie eine ungeschickte Schauspielerin. Es würde ihr nicht leichtfallen, die Beklemmung zu überwinden und sich damit zu arrangieren, dass sie abgehört wurde.

Als sie die Tür aufgeschlossen hatte, drehte sie sich zu mir um und winkte. Ich erwiderte ihren Gruß, indem ich das Fernlicht kurz einschaltete, dann fuhr ich davon.

Die Etage, in der sich mein Büro befand, sah am Sonntagabend gespenstisch leer aus. Die diensthabenden Polizisten waren im Erdgeschoss. Ich machte kein Licht an, als ich hineinging. Obwohl es dunkel war, drang genügend Licht von draußen herein, sodass ich die Umrisse der Einrichtungsgegenstände erkennen konnte. Ich hängte den Mantel an den Haken, setzte mich an meinen Tisch und schaltete den Computer ein.

Zuerst musste ich etwas nachprüfen. Ich gab das Kennwort ein und fand die Datei, an der ich am Abend zuvor gearbeitet hatte. Seit dem letzten Öffnen hätten etwa vierundzwanzig Stunden vergangen sein müssen. Aber, wie vermutet – dem war nicht so! Jemand hatte elf Minuten nach Mitternacht die Datei mit der Liste der roten Buchtitel und mit Veras Adresse geöffnet. Jemand, für den das Kennwort kein Hindernis war. Jemand, der überall Zugang hatte. Ich musste mich nicht erst davon überzeugen, dass auch die Datei mit den Fotos vom

Regal in der Buchhandlung sowie mein gesamtes Archiv gesichert worden waren.

Ich schaltete den Computer aus. Eine Zeit lang saß ich da wie angegossen und trommelte nur mit den Fingern auf die Tischplatte. In mir kochte die Wut, aber nicht so sehr wegen des Eindringens in meinen geschützten Raum. Lange genug arbeite ich bei der Polizei, um zu wissen, dass das Kennwort nur ein vager Schutz ist. Zorn erfüllte mich deshalb, weil ich nicht mehr ohne Aufsicht das tun konnte, weshalb ich gekommen war. Sie würden alles verfolgen, was ich am Computer tat, so als stünden sie hinter meinem Rücken.

Hätte ich nicht hinter meinem Monitor einen zweiten gesehen, dann wäre ich womöglich nicht so schnell auf eine Idee gekommen. Rasch setzte ich mich auf den Stuhl des Kollegen Petronijević und schaltete seinen Computer ein. Ich hatte gedacht, größere Gewissensbisse zu haben, aber ich spürte sie kaum. Die Spielregeln, die mir aufgezwungen wurden, ließen mir keinen Raum – das Gewissen war da ein Luxus. Im Übrigen wollte ich die fremde Privatsphäre auch überhaupt nicht gefährden. Sie interessierte mich gar nicht. Ich wollte den Computer nur benutzen, um an die Datenbank der Polizei zu gelangen.

Ja, aber im Gegensatz zu denen, die ich überlisten wollte, war ich nicht allmächtig. Für mich gab es Hindernisse. Wie vernagelt starrte ich auf den flimmernden Cursor am Anfang der Zeile, in die ich das Kennwort eintragen sollte.

Ich begann fieberhaft nachzudenken. Es dauerte etwa zwanzig Sekunden, bis mir etwas einfiel. Die Lösung schien beinahe zu einfach, doch vielleicht war sie gerade deshalb richtig. Während ich mit dem rechten Zeigefinger über die Tastatur flog, reihten sich auf dem Monitor Sternchen aneinander. Ich drückte auf »Enter« – und jauchzte auf. Ja, natürlich!

Menschen sind normalerweise berechenbar, und Polizisten sind dabei keine Ausnahme. Ganz im Gegenteil! Was hätte Petronijević als Kennwort anderes eingeben sollen als den Namen seiner geliebten Boulevardzeitung?!

Während ich die Datenbank öffnete, überkam mich einen Augenblick lang eine irre Angst. Und was wäre, wenn nicht nur mein Computer überprüft würde?! Aber ich musste das Risiko eingehen. Wenn ich die Sache ganz ungefährlich machen wollte, müsste ich an einen anderen Ort gehen, außerhalb dieses Gebäudes, aber dafür war keine Zeit mehr. Schließlich, selbst wenn sie verfolgten, was ich tat, würden sie mein Vorhaben nicht so leicht verstehen.

Ich tippte »Atanasije Nedeljković« ein. Der Nachname war ziemlich häufig, nicht aber der Vorname, das gab mir die Hoffnung, es würden nicht viele Leute in Frage kommen. Und tatsächlich, das Verzeichnis enthielt nur drei derlei Eintragungen. Ich zog mein Notizbuch hervor, schrieb Adressen und Telefonnummern ab und schaltete den Computer aus.

Doch ich ging nicht sofort zu meinem Stuhl zurück. Es wäre sicherer, wenn ich auch Petronijevićs Telefon benutzte. Dabei kam das Gewissensproblem erst gar nicht auf.

Bei der ersten Nummer fragten sie mich argwöhnisch, weshalb ich Herrn Nedeljković sprechen möchte. Ich sagte, er hätte einen Mixer gewonnen bei einem Gewinnspiel, das die Telefongesellschaft für ihre treuen Abonnenten veranstaltet habe. Mir wurde geantwortet, wenn sich die Gesellschaft tatsächlich um ihre Abonnenten kümmern würde, dann müsste sie auch wissen, wenn sie nicht mehr unter den Lebenden seien. Umso eher, da Herr Nedeljković schon vor viereinhalb Jahren verstorben sei. Ich drückte mein Beileid aus, wofür mir die ältere Frauenstimme dankte und mich in sanftem Ton fragte, ob die Erben den Mixer bekommen könnten. Ich versprach, dies nachzuprüfen und sie morgen davon zu unterrichten.

Bei der zweiten Nummer meldete sich ein Kind. Nein, Papa

ist nicht da. Mama auch nicht. Ja, Papa heißt Atanasije. Gut, ich melde mich wieder. Wiederhören.

Ich hätte die dritte Nummer gar nicht anzurufen brauchen, um zu erfahren, zu wem sie gehörte, doch ich wollte nachprüfen, ob er noch zu Hause war. Er meldete sich nach dem dritten Klingeln.

»Hallo?«, sagte Albert Einstein.

Ich legte den Hörer auf, schnappte meinen Mantel, verließ rasch das Büro und lief eilig über den Korridor. Zum Glück war die Wohnung von Einstein von den dreien die nächstgelegene.

24.

Ich parkte das Auto ein Stück von dem Haus entfernt, in dem Professor Nedeljković wohnte. Ich wählte die gegenüberliegende Straßenseite, weil ich von da aus eine bessere Sicht auf den Eingang hatte. An dem verregneten Herbstabend gab es keine Fußgänger und fast keinen Verkehr. Vor mir erstreckte sich ein Spalier einzelner Lampen und Kastanienbäume, deren kahle Zweige wirkten wie Arme, die sich in der Dunkelheit nach etwas ausstrecken.

Der Regen bereitete mir Schwierigkeiten. Ich konnte nicht ständig die Scheibenwischer eingeschaltet lassen, und der Wasserschleier, der die Windschutzscheibe hinablief, trübte und verzerrte meine Sicht. Es konnte sogar passieren, dass jemand aus dem Haus kam und ich es nicht bemerkte. Mir blieb nichts weiter übrig, als in Abständen kurz die Scheibenwischer einzuschalten. Dann wurde die Welt klar, aber nicht für lange.

Es wäre mir auch angenehmer gewesen, wenn die Heizung im Auto gelaufen wäre. Während der kurzen Fahrt hatte sich das Auto nicht genügend erwärmen können, sodass sich die Temperatur darin bald kaum mehr von der Außentemperatur unterschied. Ich stellte meinen Kragen auf und zog den Mantel enger um mich, als könnte mir davon wärmer werden.

Ich hoffte, dass mein jäh unterbrochener Anruf den Professor nicht beunruhigt und veranlasst hatte hinauszugehen, bevor ich eingetroffen war. Ebenfalls hoffte ich, dass er keinen Grund sah, einen Nebenausgang zu benutzen. Dann wäre mir jede Gelegenheit genommen worden, mich in weniger als einer Stunde an dem Ort der geheimnisvollen Versammlung einzufinden.

Die Minuten zogen sich träge dahin. Nichts geschah. Solche sinnlose Zeitvergeudung mochte ich in meinem Beruf als Polizist seit jeher nicht, obwohl ich wusste, dass sie nötig und nicht zu vermeiden war. Hätte ich die Wartezeit zumindest mit Lesen verkürzen können – aber das kam natürlich nicht in Frage. Nicht nur, weil im Auto kein Licht brannte. Es wäre vielmehr, hätte ich mich in ein Buch vertieft, meine Aufmerksamkeit davon abgelenkt worden, weshalb ich hier war.

Die gedämpften blauen Ziffern auf der Digitaluhr über dem Tachometer zeigten an, dass noch drei Minuten bis halb neun fehlten, als im Rückspiegel Scheinwerfer aufleuchteten. Es war der vierte Wagen, der erschien, seit ich in dieser schwach frequentierten Straße parkte, aber im Unterschied zu den drei vorigen Autos fuhr er nicht einfach vorbei. Er kam langsam näher, der Motor war kaum zu hören. Ich sank tiefer in den Sitz.

Der Wagen hielt direkt vor meinem. Ohne die Scheibenwischer zu betätigen, konnte ich nicht gut sehen, ob außer dem Fahrer noch jemand darin saß. Mir schien, als wäre auch der Beifahrersitz besetzt, aber ich war nicht sicher. Das Auto hielt etwa anderthalb Minuten. Niemand stieg aus, und niemand kam, um einzusteigen. Langsam, wie es sich genähert hatte, setzte es seine Fahrt fort und bog schließlich nach rechts in den Boulevard ab.

Dafür konnte es eine einfache Erklärung geben. Sagen wir, es war ein junges Pärchen, das kurz in einer Seitenstraße angehalten hatte, um Zärtlichkeiten auszutauschen. Aber das Auto konnte ebenso gut der Geheimpolizei gehören. Wie waren sie hierhergekommen? Sie hatten gesehen, wen ich in Petronijevićs Computer gesucht hatte. Mein Vorhaben war ihnen nicht gleich klar gewesen, aber schließlich hatten sie es begriffen. Es gibt bei der Geheimpolizei ziemlich clevere Leute.

Aber vielleicht waren sie mir nicht über den Computer meines Kollegen auf die Spur gekommen. Mir fiel eine weitaus einfachere Art der Verfolgung meiner Aktionen ein. Wenn sie schon mein Auto verwanzt hatten, gab es keinen Grund, nicht auch eine GPS-Anlage einzubauen. So wüssten sie in jedem Augenblick, wo ich war. Wäre mir das früher eingefallen, hätte ich mir irgendwie ein anderes Auto besorgen können, doch jetzt war es zu spät.

Es war kaum eine Minute vergangen, seit die Straße wieder leer war, als sich die Eingangstür des Hauses von Professor Nedeljković öffnete. Rasch schaltete ich den Scheibenwischer ein. Die Gummistreifen zogen zweimal schnell über die Scheibe und beseitigten augenblicklich den Wasserschleier. Und das reichte mir aus, die gebeugte Gestalt mit dem tief herabgezogenen Hut zu erkennen, unter dem das graue Haar hervorlugte.

Der Professor stieg in das kleine Auto ein, das direkt vor dem Eingang geparkt war. Es sprang nicht sofort an. Das Röcheln des Motors drang zu mir, den trommelnden Regen übertönend. Schon dachte ich, der Motor ginge ganz aus, da wurde das mechanische Röcheln von einem nicht gerade gleichmäßigen Brummton abgelöst.

Nach kurzem Manövrieren parkte das Auto aus und fuhr los. Ich wartete, bis es sich ein wenig entfernt hatte, dann fuhr ich ihm nach. Das Licht schaltete ich erst ein, als der Professor auf dem Boulevard verschwunden war. Der geringe Verkehr erleichterte mir die Verfolgung, ließ sie aber auch auffälliger werden. Deshalb hielt ich mich in einigem Abstand und achtete darauf, dass immer mindestens ein Wagen zwischen uns war.

Gelegen kam mir der Umstand, dass jeder Gedanke einer Verfolgung für Einstein wohl völlig abwegig war. Dafür aber nicht für mich. Häufig warf ich einen Blick in den Rückspiegel, ob ich nicht womöglich jemanden sah, der den Verfolger verfolgt, doch ich bemerkte nichts Verdächtiges. Es gab keine Spur von jenem Wagen, der vor Kurzem in der Straße des Professors angehalten hatte. Das bedeutete allerdings keinesfalls, dass meine Fahrt nicht überwacht wurde, wenn nicht anders, dann über GPS.

Ein unbemerktes Verfolgen war nicht mehr möglich, als wir nach längerer Fahrt vom Boulevard abbogen. Von der breiten, gut beleuchteten Straße kamen wir in einen vornehmen Stadtteil mit Luxusvillen hinter hohen Zäunen. Ich konnte nicht mehr auf ein »Puffer-Auto« zwischen uns rechnen, und so musste ich den Professor etwa hundert Meter davonziehen lassen.

Als wir in ein Gewirr kleiner Straßen kamen, die zu den Villen führten, schaltete ich die Lichter aus. Die Straßenbeleuchtung war hier spärlicher, aber dennoch hatte ich eine ausreichende Sicht. Nach vorn und nach hinten. Niemand kam mir nach.

Das Auto, das ich verfolgte, geriet aus meinem Gesichtsfeld, es war in eine unbekannte Richtung am Ende einer kurzen Straße gefahren, ehe ich eingebogen war. Ich öffnete ein wenig das Fenster, um über das Motorengeräusch herauszubekommen, wie ich weiterfahren müsse. Der Regen war zwar etwas schwächer geworden, trotzdem spritzte er oben durch den kleinen Spalt.

Gerade hatte ich am Anfang einer Straße, die beiderseits von dichtem, mindestens zweieinhalb Meter hohem Gebüsch gesäumt wurde, begriffen, dass ich nach links einbiegen musste, als das Brummen des Motors verstummte. Abgesehen von dem Regen lag plötzlich ringsum alles in Schweigen.

Ich parkte das Auto, schloss leise die Tür und eilte zu der

Kreuzung. Ich spähte gerade in dem Moment um die Ecke, als der Professor etwa siebzig Meter vor mir durch eine Tür im Zaun glitt. Sein Auto musste irgendwo in der Nähe sein, doch die Straße war leer. Ich hatte jetzt nicht die Zeit, um mich diesem Rätsel zu widmen. Den Kopf wegen des Regens eingezogen, bog ich auf dem schmalen Fußweg voller Pfützen nach links ein.

Der Zaun, an dem ich vorbeikam, war hoch und aus Metall, oben mit drohenden Spitzen versehen. Als ich zu der Tür kam, sah ich keinerlei Namen daran. Es gab nicht einmal eine Hausnummer oder eine Klingel. In Kopfhöhe aber zeichnete sich ein kleines Rechteck ab. Ich überlegte kurz, was zu tun wäre, aber eigentlich hatte ich keine Wahl, wenn ich nicht hier draußen stehen bleiben wollte.

Ich klopfte an die Tür.

Im selben Moment zog sich das Rechteck zurück, und in der Öffnung zeigte sich dunkle Leere. Verwirrt schaute ich einen Moment darauf, ehe ich begriff, was man erwartete.

Das Passwort!

Aber wie sollte ich das Passwort wissen? Eiskalte Panik kroch mir den Rücken hinauf. Als ich mich schon damit abgefunden hatte, dass mir nichts weiter übrig bliebe, als umzukehren und zum Auto zu eilen, hörte ich mich selber drei Worte sagen.

»Das letzte Buch.«

Das Rechteck schloss sich. Einen langen Augenblick tat sich nichts. Dann öffnete sich die Tür.

25.

Die Tür ging nur so weit auf, dass ich hindurchkam, und schloss sich sofort hinter mir. Ich befand mich im Dunkeln. Alles, was ich sah, waren zwei Reihen kleiner Lämpchen, die wie Lichter am Rand einer Piste den Zugang zu der Villa mitten im Garten wiesen.

Aus dem Dunkel rechts von mir tauchten plötzlich zwei Hände auf, die etwas hielten. Ich musste die Augen anstrengen, um eine lange Kutte zu erkennen. Ich zögerte ein wenig, ehe ich dem unsichtbaren Garderobier den Rücken zukehrte. Ich erstarrte, als er die Hand auf meine Schulter legte, nachdem ich die Kutte angezogen hatte, doch der Druck dauerte nur so lange, wie er mir die Kapuze aufsetzte. Darin verschwand mein Kopf völlig, und mein Gesichtsfeld beschränkte sich nur noch auf den Raum unmittelbar vor mir.

Nachdem er meine Schulter losgelassen hatte, ging ich den Weg weiter. Meine Schuhsohlen rieben sich knarrend an dem feuchten Schotter. Während ich vorwärtsging, steigerte sich der unangenehme Eindruck immer mehr, dass ich von durchdringenden Blicken begleitet wurde – nicht nur von hinten, sondern von allen Seiten. Unbewusst beschleunigte ich den Schritt.

Der Weg endete nicht vor der Eingangstür, wie ich es erwartet hatte. Vielmehr gab es Treppen, die nach unten führten. An ihrem Ende zeichnete sich eine Lichtöffnung ab, aus deren Innerem ein gedämpfter Schein drang. Vorsichtig begann ich hinabzusteigen, wobei ich mit den Fußsohlen die Treppenkanten ertastete.

Die Öffnung erwies sich als Anfang eines Ganges, der sanft abfallend unter die Villa führte. Die Kapuze gestattete es mir nicht, ihn vollständig zu sehen. Ich hätte sie ein wenig anheben können, aber ich hatte Bedenken und tat es nicht. Auch weiterhin spürte ich, dass ich beobachtet wurde, und die Neugierde hätte mich verraten können.

Nach etwa zwanzig Schritten hielt ich am Ende des Gangs an. Meine Kapuze war immer noch herabgezogen, doch mein Blickfeld erweiterte sich bedeutend. Von dem großen runden Raum, den ich erreicht hatte, trennten mich drei Stufen, sodass ich ihn von oben sah. Hier war nicht der einzige Eingang. In Abständen von jeweils neunzig Grad mündeten noch drei Gänge.

Die Beleuchtung war gedämpft. Die vier Lampen, angebracht zwischen den Eingängen, hatten eine Blende vor sich, sodass sie nicht zu sehen waren. Noch als ich im Gang war, stieg mir ein Duft in die Nase, den ich nicht erkannte. Er ähnelte Thymian, schien aber aromatische Zusätze zu haben. Nun sah ich, woher er rührte. Ein wenig unter den Lichtquellen hingen an einem schwarzen Seil Schalen herab, aus denen Rauch emporstieg.

Der runde Raum war voller Gestalten in Kutten. Es mussten wenigstens fünfzig Versammelte sein. Die meisten Umhänge waren braun wie meiner. Diese Einförmigkeit wurde unterbrochen von vier grellroten Kutten, die das leere Zentrum des unterirdischen Amphitheaters säumten.

Am liebsten wäre ich hier oben geblieben, weil ich alles mit einem Blick umfassen konnte, aber das war nicht möglich. Ich musste mich recht schnell den anderen zugesellen, um keinen Verdacht zu erregen.

Ich stieg die drei Stufen hinab, ging ein wenig nach links und stellte mich ganz ans Ende. Hinter meinem Rücken befand sich eine Marmorwand. Keiner der Kapuzenmänner wandte sich zu mir um. Ihre Köpfe waren gesenkt, und die Arme hielten sie über der Brust gekreuzt. Ich nahm die gleiche Haltung ein.

Erst jetzt, aus nächster Nähe, drang an meine Ohren ein Murmeln wie ein Gebet oder ein Mantra. Es war kaum hörbar, sodass ich die Worte nicht verstehen konnte. Dieser äußerst gedämpfte Klang wurde noch dreimal durch Schritte von Nachzüglern aus den anderen Gängen übertönt, und dann war mehrere Minuten alles still. Ich dachte, es müsste bald neun sein, aber ich schaute nicht auf die Armbanduhr, um die Reglosigkeit nicht zu stören, die nun herrschte.

Unvermittelt wurde die Beleuchtung schwächer. Bald befanden wir uns in vollkommener Dunkelheit. Das Murmeln erstarb. Alles versank in Stille. Dann blitzte plötzlich am höchsten Punkt der kuppelartigen Decke ein Scheinwerfer auf. Sein Strahl richtete sich auf den einzigen unbesetzten Teil des Amphitheaters, den die roten Kutten wie Gardisten bewachten.

Wie die anderen hob auch ich den Kopf, um besser zu sehen. Es dauerte gut eine halbe Minute, bis sich etwas regte. Zuerst schien mir, irgendwo dort unten wüchse über die Vielzahl von Kapuzen hinaus eine Erhöhung aus dem Boden. Sie schimmerte weiß im Licht des Scheinwerfers.

Erst als eine Gestalt bis zu den Schultern sichtbar wurde, begriff ich, dass es sich um eine weiße Kutte handelte. Sie wuchs weiter heraus, bis sie sich zur Hälfte über uns zeigte. Sie war mir mit dem Rücken zugewandt und trug ebenfalls eine Kapuze, sodass ich ihr Gesicht nicht sehen konnte.

Als die Gestalt nicht weiter anstieg, lösten sich die weißen Ärmel vom Körper und hoben sich seitwärts. Sie beschrieben zwei Kreise und kreuzten sich über dem Kopf. Kurzzeitig blieben sie in dieser Stellung, dann senkten sie sich langsam.

»Schwestern und Brüder«, ertönte eine tiefe Männerstimme. »Ihr seid euch bewusst, wie vorsichtig wir sein müssen! Wurde jemandem fälschlicherweise die Ankunft des *letzten Buches* übermittelt? Ihr wisst, was darauf folgt! Deshalb habe ich mich nach dem ersten Todesfall auch nicht gemeldet. Es hätte jemand dahinterstecken können, der den Glauben und die Geduld verloren hat. Es wäre nicht das erste Mal, dass einer zum Mittel des Selbstmords greift, in der schwachsinnigen Überzeugung, dadurch werde die Offenbarung beschleunigt! Ich habe auch nach den darauffolgenden beiden Todesfällen geschwiegen, obwohl es fast keinen Zweifel mehr gab, dass die lang erwartete Stunde endlich geschlagen hat. Ich musste uneingeschränkt sicher sein. Den endgültigen Beweis lieferte mir kein Ungeweihter, sondern einer aus unseren Reihen. Schwester Dragana war blind vor selbstsüchtiger Gier, sich das Recht zu nehmen, das nur dem Großmeister zukommt. Sie hat sich erdreistet, nach dem *letzten Buch* zu greifen – und auf der Stelle wurde sie bestraft ohne Gnade, wie ein gewöhnlicher Ungläubiger.«

Eine Welle schien die braunen Kutten vor mir zu durchlaufen.

»Wagt nicht, sie zu bemitleiden! Sie hat das bekommen, was sie verdient! Aber wir beschäftigen uns nicht mehr mit ihr. Ihr Tod ist unwichtig, wie auch der Tod der anderen. Wenden wir uns lieber der Freude zu, die uns bevorsteht. Euer Antlitz möge strahlen vor Glück, und eure Seele sei voller Entzücken! Möge maßloser Stolz euch erfüllen, denn das Schicksal hat uns das zugedacht, was es den Mitgliedern unserer Gesellschaft in vergangenen Zeiten versagt hat!«

Er machte eine kurze rhetorische Pause. Als er erneut zu sprechen begann, war seine Stimme donnergleich.

»Seid ihr bereit, den Erlöser demütig zu empfangen, der kommt, unsere Welt vor dem Untergang zu retten?«

»Wir sind bereit!«, antwortete die Menschenmenge einmütig.

»Seid ihr bereit, euch gehorsam vor unserem einzigen Herrn und Gebieter zu verneigen?«

»Wir sind bereit!«, erscholl es noch stärker von allen Seiten.

»Seid ihr bereit, der letzten Wahrheit gegenüberzutreten?«

»Wir sind bereit!« Alles schien zu erbeben unter der Lautstärke des Ausrufs.

Erneut folgte eine Pause, dann erhoben sich die Ärmel wieder. Diesmal waren die Hände nicht leer. Als sich die beiden Bögen vereinten, prangte über der weißen Kapuze ein blaues Buch.

Während ich darauf starrte, verspätete ich mich ein wenig, meine Stellung den anderen anzupassen. Sie waren schon auf den Knien, als ich mich auch hinabzulassen begann. Zum Glück war niemand hinter mir, der diese Unstimmigkeit bemerkt hätte.

Die Stille, die nun herrschte, war wie ein Nachhall des Donners der vorangegangenen Ausrufe. Der Großmeister ließ sie andauern, und als er schließlich wieder zu sprechen begann, wurde sein Tonfall drohend.

»Aber seid ihr auch wirklich bereit? Ich dringe ein in eure Gedanken, und was entdecke ich bei manchen von euch? Heimliche Zweifel: Wenn dies womöglich doch nicht das *letzte Buch* ist?! Euer Unglaube schmerzt mich sehr, doch an diesem großen Tag vergebe ich euch! Werdet ihr mir glauben, wenn ihr euch mit eigenen Augen überzeugt?«

Die einzige Antwort war Schweigen.

»Also gut«, fuhr der Großmeister fort, nachdem er eine Weile gewartet hatte. »Wenn dies die einzige Art ist, euch den Zweifel auszutreiben, dann werdet ihr das *letzte Buch* in seiner Wirkung sehen. Dafür besteht übrigens auch ein weiterer Grund. Heute Abend sind wir nicht allein.«

Die Kutten um mich herum raschelten.

»Ein Ungeladener hat sich zu uns gesellt, der in seiner Einfalt glaubt, nicht entdeckt zu werden. Jetzt wird der Eindringling seine Dummheit bezahlen! Doch er hat keinen Grund, deswegen traurig zu sein. Wir erweisen ihm eigentlich damit eine große Ehre, dass er der Erste ist, über den das *letzte Buch* nicht mehr im Geheimen das Urteil fällen wird.«

Ich hatte keine Zeit, irgendetwas zu unternehmen. Kniend, den Kopf gesenkt, hatte ich überhaupt nicht gehört, wie sich mir die Gardisten in Rot genähert hatten. Starke Hände ergriffen mich und stellten mich auf. Der Widerstand, den ich zu leisten versuchte, wurde rasch gebrochen. Während sie mich trugen, sah ich, wie sich die braunen Kutten ringsum aufrichteten.

Als wir in die Mitte des Raums gelangten, war der Großmeister bereits von dem viereckigen Podest herabgestiegen, auf dem er gestanden und das sich offenbar aus dem Fußboden erhoben hatte, denn als ich angekommen war, hatte ich davon nichts gesehen. Sie zogen mir die Kutte aus und legten mich darauf, wobei sie meine Arme und Beine seitlich festhielten.

»Ach, das ist doch unser Kommissar«, sagte der Mann in Weiß. Obwohl er nun neben mir stand, blieb sein Gesicht auch weiterhin verborgen. »Das passt gut! Es ist die rechte Zeit, der Polizei eine klare Botschaft zu senden, dass sie gegen uns machtlos ist.«

Wieder hob er das blaue Buch hoch und wartete, bis sich die braunen Kutten um das Podest drängten. Er hielt das Buch so schräg, dass ich den Titel auf dem Einband nicht lesen konnte. Er hielt es für einen Moment über seinen Kopf, dann ließ er es langsam herab und öffnete es dabei. Ich begriff nicht, was er anderes vorhaben könnte, außer es mir vors Gesicht zu halten.

Doch das Buch senkte sich nicht weiter. Aus der Richtung des Gangs, wo ich hergekommen war, drang ein hastiges Poltern. Menschen näherten sich im Laufschritt. Der Großmeister rief ein Wort, das ich nicht verstand. Im selben Moment erlosch der Scheinwerfer, der mich von oben anleuchtete, sodass ich hatte blinzeln müssen.

In der Dunkelheit, in die wir sanken, konnte ich nicht unterscheiden, was geschah. Ich hörte Tumult und Geräusche, die ich nicht zuordnen konnte. Noch immer wurden meine Glieder festgehalten. Dann spürte ich, wie das Podest sich senkte. Als der obere Teil die Höhe des Fußbodens erreichte, ließen die Hände mich los. Ich blieb steif liegen und wusste nicht, was ich in der Dunkelheit tun sollte.

Das Dunkel wurde durchschnitten von Lichtgarben aus mindestens fünf Taschenlampen, als die Schritte zum Ende des Gangs gelangt waren. Die Strahlen huschten im Zickzack über das Amphitheater, bis einer mich fand. Dann richteten sich alle auf mich aus, weil niemand weiter da war. Ich hatte keine Ahnung, wohin so viele Leute in etwa zwanzig Sekunden verschwunden sein konnten.

Ich schirmte meine Augen mit der Hand ab und richtete mich langsam auf, während sie auf mich zukamen. Die Lichtstrahlen senkten sich ein wenig, um mich nicht zu blenden. Noch immer konnte ich nicht sehen, wer die Taschenlampen hielt, doch das war auch nicht nötig. Ich wusste, wer das nur sein konnte.

»Es wäre alles viel einfacher gewesen, Kommissar Lukić«, war aus der Dunkelheit Hauptkommissar Milenković zu hören, »wenn Sie nicht Blindekuh mit mir spielen würden.«

»Weshalb glauben Sie, ich spiele Blindekuh mit Ihnen?«

Wieder blendete mich ein Lichtstrahl. Ärgerlich wandte ich den Kopf seitwärts.

»Was tun Sie hier im Dunkeln?«

»Es war hell, ehe Sie gekommen sind.«

»Das ist keine Antwort auf meine Frage.«

»Sie wären nicht an diesem Ort, wenn Sie nicht schon die Antwort wüssten.«

Der Lichtstrahl wanderte unter mein Kinn.

»Wo sind sie?«

Ich zuckte die Schultern.

»Das möchte ich auch wissen.«

»Wie viele waren es?«

»Etwa fünfzig.«

»Bestimmt sind sie noch in der Nähe. Wir müssen schnell sein. Wir reden ein andermal darüber. Entschuldigen Sie uns jetzt. Wir werden allein weitermachen. Bringt den Kommissar hinaus.«

Ein Lichtstrahl drehte sich wieder um, zum Gang hin.

»Bitte schön«, sagte eine Männerstimme.

Gerade stieg ich die drei Stufen hinauf, dem Lichtstrahl folgend, als sich wieder die Stimme des Hauptkommissars vernehmen ließ.

»Haben Sie es gesehen?«

»Was?«, fragte ich, ohne mich umzuschauen.

»Das *letzte Buch* natürlich.«

»Ich habe ein Buch gesehen. Ich weiß nicht, ob es das letzte war.«

»Sie hören nicht auf, Blindekuh zu spielen, was?«

»Gibt es ein besseres Spiel im Dunkeln?«

Ich wartete, ob er noch etwas sagen würde, doch hinter mir waren nur die Geräusche von Bewegungen zu hören.

»Kommen Sie«, sagte der Mann, der mir leuchtete.

Die Lichter entlang des Wegs waren ausgeschaltet, doch die Tür in dem Metallzaun stand offen. Durch sie drang die Straßenbeleuchtung herein, sodass mir die Hilfe der Taschenlampe nicht mehr vonnöten war. Der Agent blieb trotzdem oben auf der Treppe stehen und richtete den Lichtstrahl immer auf den Weg vor mir, bis ich hinaustrat.

Draußen stieß ich auf zwei weitere Männer. Sie sagten nichts zu mir. Wir tauschten nur kurze Blicke, und dann ging ich in Richtung Auto durch den Regen, der wieder stärker fiel.

26.

»Er ist ganz kalt geworden«, sagte Vera, den Tee schlürfend. »Soll ich neuen kochen?«

Wir lagen im Dunkel ihres Schlafzimmers. Das große Fenster gegenüber dem Bett ähnelte einer lebhaften Arabeske. Der Regen, der wie besessen herabströmte, zeichnete unbeständige Striche auf die Scheibe, die vom rötlichen Schein der Stadtlichter erhellt wurde.

»Ist es nicht zu spät für Tee? Es muss doch schon Mitternacht sein.«

»Soll ich deine Erwartungen enttäuschen?«, fragte sie und stellte die Tasse auf dem Nachttisch ab. »Du bist zum Tee hergekommen, nicht wahr?«

»Ja, aber ich habe keinen bekommen.«

»Lügner, du! Er dampfte, als du kamst.«

»Schon möglich. Aber ich habe ihn nicht trinken können.«

»Ich hatte das Gefühl, er sei dir nicht das Vordringlichste.«

»Und ich hatte gedacht, du würdest brennen vor Neugierde zu erfahren, was ich dir erzähle. Aber daran hast du offenbar als Letztes gedacht.«

»Wie sollte ich wissen, dass du mir etwas erzählen willst? Du hast überhaupt nicht so gewirkt wie einer, der etwas sagen will.«

»Tatsächlich? Wie habe ich denn gewirkt?«

»Das weißt du sehr gut. Im Übrigen, wo ist da das Problem? Du kannst es mir doch jetzt erzählen. Im Unterschied zum Tee ist deine Geschichte nicht kalt geworden, stimmt's?«

»Ja. Aber vielleicht sollte man auch sie vor dem Schlafen meiden. Wie der Tee kann sie zu Schlaflosigkeit führen.«

»So schrecklich ist sie? Aber du hast Albträume, nicht ich. Also lass hören.«

Ich antwortete nicht gleich. Eine Zeit lang lauschte ich dem gleichmäßigen Trommeln des Regens, das untermalt wurde vom fernen Brummen des nächtlichen Verkehrs.

»Ich habe das *letzte Buch* gesehen. Es hat einen blauen Einband.«

Wieder folgte ein kurzes Schweigen. Vera drängte sich an mich und zog die Bettdecke hoch bis zum Kinn.

»Wo hast du es gesehen?«

»Im Untergeschoss einer Villa, wo sich seine Anhänger versammeln.«

»Das *letzte Buch* hat Anhänger?«

»Ja. Einen von ihnen kennst du. Ich bin zu der Villa gekommen, indem ich Professor Einstein gefolgt bin.«

»Einstein? Ich habe nicht geahnt, dass er in etwas Düsteres verstrickt sein könnte. Er machte den Eindruck eines harmlosen Patienten.«

»Ich denke, es wird sich auch bei den übrigen Patienten der Buchhandlung herausstellen, dass sie nicht harmlos sind. Zwar habe ich kein einziges Gesicht gesehen, weil sie durch Kapuzen verdeckt waren, aber ich könnte wetten, bei der Versammlung dieser Geheimgesellschaft waren auch mehrere Besucher deiner Buchhandlung dabei.«

»Was ist das überhaupt für eine Geheimgesellschaft?«

Ich seufzte.

»Nach dem, was ich verstehen konnte, ist es eine von denen, die das Ende der Welt erwarten.«

»Was hat ein Buch mit dem Ende der Welt zu tun?«

»Sein Erscheinen bedeutet den Anfang vom Ende.«

»Das verstehe ich nicht.«

»Ich verstehe auch nicht viel davon. Jetzt, wo das Buch da ist, müsste etwas Furchtbares passieren. Vor dem Untergang sollten wohl nur die Mitglieder der Geheimgesellschaft verschont werden. Und nicht einmal alle. Frau Stojanović hat es angeblich mit ihrem Leben bezahlt, weil sie sich entschlossen hatte, selbstständig zu handeln.«

»Sie war auch in dieser Gesellschaft?«

»Ja, auch sie. Meine Intuition sagt mir, dass auch der Großmeister der Geheimgesellschaft jemand ist, den du kennst. Schade, dass du nicht mit mir dort warst. Vielleicht hättest du seine Stimme erkannt.«

»Du hast mich nicht eingeladen, mitzukommen.«

»Sollte ich dich etwa der Gefahr aussetzen? Ich wäre ja fast selber umgekommen.«

»Tatsächlich?« Ihre Stimme wurde leise.

»Wäre nicht im letzten Moment Hauptkommissar Milenković erschienen, dann hätte das Buch mich gerichtet.«

»Wie das?«

»Ich hatte keine Gelegenheit, es zu erfahren. Der Großmeister hat es über meinem Kopf geöffnet und es langsam meinem Gesicht genähert, da stürmte plötzlich die Geheimpolizei herein. Wie du siehst, sind sie manchmal auch von Nutzen.«

»Nur das hat er getan? Das Buch deinem Gesicht genähert? Dich nicht gezwungen, es anzufassen, darin zu blättern?«

»Nein.«

»Wie hätte es dir denn schaden können, wenn du nicht in direktem Kontakt mit ihm warst?«

Ich zuckte die Schultern.

»Das weiß ich nicht. Er hat es ja auch gehalten und geöffnet ohne jeden Schutz. Mit bloßen Händen. Allerdings sagte er, nur der Großmeister könne frei mit dem Buch umgehen. Es scheint auf ihn nicht zu wirken.«

Vera schüttelte neben mir auf dem Kissen den Kopf.

»Du glaubst doch wohl nicht an diese Dummheit? Wie kann er als Einziger immun sein gegen ein Gift, das für alle anderen tödlich ist?«

»Natürlich glaube ich es nicht.«

»Aber wie erklärst du dir dann, dass das Buch ihm nicht geschadet hat?«

Ich lag eine Weile da, in den Anblick des wogenden Regenvorhangs am Fenster versunken, ehe ich antwortete.

»Ich sehe nur eine Erklärung. Das Buch ist gar nicht vergiftet.«

27.

Wie wahnsinnig lief ich durch einen mit Samt ausgelegten Korridor, obwohl ich nicht wusste, weshalb. Niemand verfolgte mich. Es war nur eine ungewisse Ahnung, dass ich irgendwo hinter mir etwas Unangenehmes erlebt hatte, aber ich konnte mich nicht erinnern, was es gewesen war.

Ich verlangsamte mein Tempo und begann normal zu gehen. Es hatte keinen Sinn zu rennen. Ich konnte nirgendwohin gelangen. Der Korridor zog sich vor mir bis ins Unendliche. Ich brauchte mich nicht umzusehen, um mich zu überzeugen, dass er auch in der anderen Richtung kein Ende nahm.

Als sich mein gehetzter Atem beruhigt hatte, klang von irgendwoher Musik an mein Ohr. Kaum hörbar. Ich ahnte nichts Gutes. Eilte ich womöglich zu irgendeinem Konzert? Wenn das so war, dann kam ich zu spät!

Wieder beschleunigte ich meinen Schritt. Aber auch nachdem ich eine ziemliche Strecke gelaufen war, wurde die Musik nicht lauter. Sie blieb leise, als wiche sie vor mir zurück.

Beiderseits des Korridors sah ich hin und wieder eine Tür, aber ohne jede Aufschrift. Wie sollte ich erkennen, hinter welcher ein Konzert gegeben wurde? Mir fiel nichts Gescheiteres ein, als mein Ohr dagegenzudrücken.

Von der ersten Tür, an der ich lauschte, zog ich mich rasch zurück. Obwohl gedämpft, standen mir von dem Löwengebrüll dahinter gleich die Haare zu Berge. Auch von der nächsten Tür rückte ich ab, als ich das Geräusch lodernder Flammen erkannte. An der dritten Tür hielt es mich ebenfalls nicht lange. Wenn sie nun nicht standhielte und der Wasserfall, der dahinter rauschte, sich mit aller Gewalt in den Korridor ergösse?!

Vorsichtig begann ich mich der vierten Tür zu nähern. Sie öffnete sich, noch bevor ich sie mit dem Ohr berührte. Ich fuhr zurück, da ich eine neue Unannehmlichkeit erwartete. Doch an der Tür erschien nur eine alte, offenbar an Rheuma leidende Frau mit einer Geige. Sie schien mir etwas sagen zu wollen, aber ein Asthmaanfall nahm ihr die Luft. Während sie nach Atem rang, gab sie mir mit der Geige ein Zeichen einzutreten. Ich zögerte ein wenig, dann nahm ich die Einladung an.

Am rechten Ende des Raums erhob sich eine kleine Bühne. Die Vorhänge waren nach beiden Seiten aufgezogen, und dahinter befanden sich zwei Staffeleien mit Leinwänden, die mit dem gleichen Samt wie auch im Korridor abgedeckt waren. Vor der Bühne stand nur ein Sessel.

Noch immer hustend, gesellte sich die Geigerin zu zwei weiteren Musikern hinter dem Sessel. Der junge Mann mit Kontrabass trug einen grellroten Schal um den Hals, und die Frau mittleren Alters mit langem schwarzem Haar und gepflegtem Äußeren hielt eine Oboe.

Sie warteten ein wenig, bis die Alte zurückgekommen war, dann wiesen alle gleichzeitig mit einer Kopfbewegung auf den Sessel. Wieder zögerte ich kurz, ehe ich den einzig vorhandenen Platz einnahm.

Sobald ich saß, wurde das Licht immer schwächer. Einen Moment blieben wir im Dunkeln, dann leuchtete hinter meinem Rücken ein Scheinwerfer auf, der die zwei Staffeleien anstrahlte. Gleichzeitig ertönte Musik.

Ein Weilchen geschah nichts. Ich betrachtete das unbewegliche Bild vor mir, eingehüllt von den langsamen Tönen einer

Sonate. Mir schien, als hätte ich sie schon gehört, aber gespielt auf anderen Instrumenten.

Wie von unsichtbarer Hand geführt, begannen die Vorhänge nach unten zu gleiten. Bald lagen sie auf dem Fußboden neben den Staffeleien, und vor meinen Augen erschienen zwei Profile. Die Frau an der linken Seite sah bleich aus, die zur Rechten ausgesprochen frisch. Als ich genauer hinsah, erkannte ich, worum es sich handelte. Die Erste war überhaupt nicht geschminkt, und die Zweite hatte zu viel Schminke aufgetragen.

Das Tempo der Sonate wurde plötzlich lebhafter. Wie als Antwort auf diese Beschleunigung wurden die Bilder lebendig. Mit harmonischen Bewegungen griffen die Frauen nach etwas am unteren Rand der Leinwand. Als sich ihre Hände in den Bilderrahmen hoben, hielten beide ein völlig identisches blaues Buch.

Die beiden Köpfe begannen sich zu wenden. Als sie ganz nach vorn gedreht waren, schien mir, als wären ihre Blicke direkt auf mich gerichtet. Ihre Lippen verzogen sich zu einem Lächeln.

Im selben Augenblick begriff ich, was bevorstand. Mein Körper spannte sich in dem Wunsch, aus dem Sessel aufzuspringen und dies zu verhindern, aber so sehr ich mich auch anstrengte, ich konnte mich nicht rühren. Ich konnte nicht einmal den Mund öffnen und »Vorsicht!« rufen.

Die Musik wurde noch schneller. Jetzt war es ein wahrer Wirbel von Tönen, wie die Ankündigung des Höhepunkts der Vorstellung. Die Blicke von der Leinwand glitten von mir ab und konzentrierten sich auf das Buch. Ich schrie innerlich, sie sollten es nicht tun, doch aus meiner Kehle drang nicht einmal ein Flüstern.

Die Veränderung begann in dem Moment, als die Bücher geöffnet wurden. Auffälliger war sie auf der linken Seite. Blasses verblasst schneller. Als die blasse Frau, ohne ihr Lächeln zu verlieren, völlig von der Leinwand verschwunden war, da wurde die geschminkte Frau blass. Ja, und auch sie löste sich bald in Nichts auf. In der Mitte der beiden Bilder prangten noch einige Sekunden die blauen Bücher, als wollten sie nicht wahrhaben, dass keine Hände sie mehr hielten, bis sie dann aus dem Rahmen heraus dorthin fielen, wo sie vor Kurzem aufgetaucht waren.

Die Musik war verstummt, doch es herrschte keine Stille. Zumindest nicht für mich. In meinen Ohren summte es, während ich ungläubig zusah, wie sich die Samtvorhänge vom Boden erhoben und über die Leinwände legten, auf deren Mitte sich nun zwei leere weiße Frauenprofile zeigten.

Als sich die Vorhänge an ihrem Platz befanden, erlosch der Scheinwerfer. Wieder waren wir eine Weile im Dunkeln, bis sich endlich die Deckenbeleuchtung einschaltete. Im selben Moment spürte ich, dass ich mich wieder bewegen konnte.

Ich sprang aus dem Sessel auf, drehte mich zornig um und wollte den Musikern sagen, was ich von ihrem Konzert hielte, aber ich blieb stumm. Die Instrumente waren auch weiterhin an ihrem Platz, nicht aber jene, die darauf gespielt hatten. An deren Stelle waren drei neue Musiker da.

Eine flammende Gestalt hielt die Geige, hinter dem Kontrabass befand sich ein Löwe, auf die Hinterbeine gestellt, während die Oboe aus dem oberen Teil eines Wasserfalls ragte. Alle drei waren erstarrt, doch ich begriff sofort, dass das nicht lange so bleiben würde. Jeden Augenblick würde das Feuer auflodern, der Löwe losbrüllen und der Wasserfall zu rauschen beginnen.

Ich stürzte zur Tür, begann wie verrückt daran zu ziehen, spürte die Pranken der Panik auf mir, bis ich schließlich begriff, dass die Tür sich nach außen öffnete. Ich flog aus dem Zimmer und hastete durch den Korridor.

28.

Es war fünf Uhr siebzehn, als ich aus dem Schlaf hochfuhr. Zum Glück richtete ich mich diesmal nicht so jäh im Bett auf, dass ich Vera weckte. Sie schlief ruhig weiter.

Zuerst starrte ich ungläubig vor mich hin, die Bilder aus dem Traum noch vor Augen, dann beruhigte ich mich allmählich in der Stille und Dunkelheit des frühen Morgens. Obwohl ich mich vor der Rückkehr in den Samtkorridor fürchtete, versuchte ich, wieder einzuschlafen, doch es gelang mir nicht.

Hellwach, konnte ich nichts anderes als nachdenken. Zuerst über den Traum, der noch in mir lebendig war, danach über den vorhergehenden, und dann über alle anderen Ereignisse, seit die Sache am Mittwochabend begonnen hatte.

Doch meine Gedanken waren verworren. Scheinbar zufällig kamen mir Fetzen belangloser Gespräche und verschiedene unzusammenhängende Kleinigkeiten ins Gedächtnis. All das bildete keinen Sinn. Oder zumindest verstand ich ihn nicht.

Gegen halb sieben nahm das Fenster eine blasse Farbe an. Da überkam mich unvermittelt wieder der Eindruck des bereits Gelesenen. Er hatte mich eigentlich gar nicht losgelassen. Er war nur zeitweise so verhalten gewesen, dass ich mir seiner nicht bewusst war. Nun verstärkte er sich wieder.

Ich war sicher, schon in irgendeinem Buch auf die Beschreibung einer solchen Morgendämmerung gestoßen zu sein:

Der Protagonist liegt wach. Das einzige Geräusch, das er vernimmt, ist das gleichmäßige Atmen seiner schlafenden Frau neben sich. Er starrt auf die herablaufenden Regenspuren am Fenster. Versucht, ein Geheimnis zu begreifen, doch dessen Lösung entzieht sich ihm.

Das Geheimnis würde sich lösen, wenn ich mich erinnern könnte, wie es in dem Buch weiterging, doch obwohl ich wusste, dass ich es bis zum Ende gelesen hatte, waren mir die darauffolgenden Ereignisse nicht greifbar. Sie blieben wie verhüllt von einem Schleier, der dem Regenvorhang glich. Er war gerade so weit durchlässig, dass ich ahnen, aber nicht klar sehen konnte, was dahinter war. Schade, dass es hier keinen Scheibenwischer gab. Ich hätte ihn nur einmal einzuschalten brauchen, und alles hätte sich geklärt.

Vera erwachte zwanzig vor acht. Es schien ihr unangenehm zu sein, als sie sah, dass ich nicht schlief.

»Schau mich nicht an«, sagte sie verschlafen. »Morgens bin ich nicht hübsch.«

Ich rückte zu ihr heran und gab ihr einen Kuss.

»Natürlich bist du das. Ich bin es, der den ganzen Tag schrecklich aussehen wird, weil ich nicht ausgeschlafen bin.«

Sie schaute mich einen Augenblick lang an.

»Wann bist du wach geworden?«

»Gegen halb sechs.«

»Wieder ein Albtraum?«

Ich nickte.

»Das wird schon besorgniserregend! Offenbar bekommt es dir nicht, wenn wir uns lieben.«

Ich lachte auf.

»Was hat denn das Lieben mit meinen schlechten Träumen zu tun?«

»Du hast immer Albträume danach.«

»Es war doch nur zweimal.«

»Ja, aber es gab noch keine Ausnahme.«

»Egal, wir werden den Test wiederholen müssen. Wenn ich auch nach dem, sagen wir, zwanzigsten Mal noch Albträume habe, werden wir sehen, was zu tun ist.«

»Was können wir schon tun? Damit aufhören. Sollen wir denn zulassen, dass dir dein ruhiger Schlaf abhandenkommt?«

»Keinesfalls werden wir aufhören! Im Gegenteil, wir werden gleich an der Ausweitung des Tests arbeiten.«

Sie küsste mich, rückte aber von mir ab.

»Der Morgen ist nicht gerade meine beste Zeit dafür. Im Übrigen könnte man das jetzt auch nicht als ein Ausweiten des Tests rechnen. Außer wenn du anschließend wieder einschläfst.«

»Es täte mir gut, noch ein wenig weiterzuschlafen, aber ich muss zur Arbeit.«

»Ich auch. Diese Woche habe ich Frühdienst.«

»Aber wenn ich heute Abend wieder zum Tee eingeladen würde ...«

»Zum Feigentee ...«

»Natürlich. Obwohl mir auch der für ›Kopf arbeiten‹ nützlich wäre.«

»Arbeitet dein Kopf denn nicht gut?«

»Offenbar nicht gut genug. Mir tun sich immer mehr Rätsel auf.«

»Du kannst den Tee gleich zum Frühstück bekommen. Wenn du mir ein wenig Zeit gibst, dann bringe ich ihn dir wieder ans Bett.«

Ich schüttelte den Kopf.

»Du verwöhnst mich. Lieber helfe ich dir, den Tee zuzubereiten.«

Noch einmal küsste sie mich, dann standen wir beide auf.

Vierzig Minuten später hatten wir das Frühstück in Veras Küche beendet. Der Algentee machte mich schnell munter. Er musste starke stimulierende Bestandteile enthalten. Womöglich befanden sich einige davon auf der Liste jener Substanzen, für die sich meine Kollegen aus der Rauschgiftabteilung interessierten, aber das war egal. Ich hätte auch verboteneren Sachen zugestimmt, wenn ich gewusst hätte, dass sie meine wirren Gedanken aufhellen würden.

»Also, wie kann das Buch tödlich sein, wenn es nicht vergiftet ist?«

Das hatte Vera auch gestern Abend gefragt, aber ich hatte ihr nicht darauf geantwortet. Nur die Schultern gezuckt. Sie hatte mich nicht gedrängt, doch die Frage schwebte noch immer zwischen uns.

»Ich kann es mir überhaupt nicht vorstellen«, sagte ich und stellte die Tasse ab. »Ich ahne nur, das ist es, worum sich alles dreht.«

»Meinst du, das Buch wird wieder auftauchen?«

»Es muss! Es ergäbe keinen Sinn, wenn es jetzt verschwände.«

»Nun wissen wir zumindest, wie es aussieht.«

»Vielleicht wechseln sie den Einband. Gerade deshalb, weil wir wissen, dass er blau ist.«

»Ein Buch kann nicht ohne Weiteres seinen Einband wechseln.«

»Vieles, was nicht sein kann, ist hier schon passiert.«

»Aber was soll ich dann tun?«

Ich blickte eine Weile in die leere Tasse vor mir.

»Ich weiß nicht, was ich dir Gescheiteres sagen soll, außer dass du aufpasst und das Buch nicht öffnest. Das *letzte Buch* wird erst gefährlich, wenn es aufgeschlagen ist.«

»Aber wie soll ich ein Buch nicht öffnen? Ich bin doch Buchhändlerin!«

»Es wird dir nicht leichtfallen. Du musst erfinderisch sein. Wenn du glaubst, es sei unmöglich – es gibt doch immer noch eine Möglichkeit!«

»Welche?«

»Schließe zeitweilig deine Buchhandlung.«

Vera schüttelte rasch den Kopf.

»Ich kann den Laden nicht schließen.«

»Ich weiß. Außerdem zweifle ich daran, dass sich dadurch das Problem lösen würde. Jemand hatte einen Grund, das *letzte Buch* ausgerechnet mit deiner Buchhandlung in Verbindung zu bringen. Es würde dort warten, bis du das Geschäft wieder öffnest, und weitermachen, was es begonnen hat.«

Vera senkte den Blick.

»Das ist nicht gerade ermutigend.«

Ich streckte die Hand über den Tisch aus und legte sie auf ihre. »Es kommt schon wieder alles in Ordnung.«

»Wie kannst du das wissen?«, fragte sie leise.

»Intuition«, erwiderte ich, ebenfalls mit gedämpfter Stimme. »Sie hat mich noch nie getrogen.«

»Ich würde mich gern an etwas halten, was man besser begreifen kann.«

»Das einzige ›Begreifbare‹, was ich dir augenblicklich anbieten kann, ist ein neues Handy, das nicht abgehört wird. Wir werden ins nächstbeste Geschäft gehen und zwei Stück kaufen. Wenn du irgendetwas Ungewöhnliches bemerkst, dann unternimm gar nichts. Melde es mir sofort. Schick mir eine SMS, wenn du nicht willst, dass andere hören, was du mir sagen möchtest.«

29.

»Deine Sache wird immer aufregender«, sagte Kollege Petronijević mit gekünsteltem Lächeln, wobei er ein wenig das Boulevardblatt anhob, das er ausgebreitet vor sich hielt.

»Wirklich?«, antwortete ich missmutig.

»Nicht nur, dass es nun auch außerhalb der Buchhandlung Tote gibt, jetzt sind auch noch Geheimgesellschaften darin verwickelt.«

»Sogar darüber haben sie etwas geschrieben? Wie haben sie es nur geschafft, so schnell davon zu erfahren? Lass mal sehen!«

Er drehte die Zeitung zu mir hin. Auf der oberen Hälfte des Blattes zeigte ein großes Foto den Eisenzaun mit den Spitzen darauf, über denen sich gegen den Nachthimmel das Dach der Villa abzeichnete. Über dem ganzen Bild prangte in Kursivschrift: *Sekte tötet durch Buch!*

»Du darfst die Ermittlungsjournalistik nicht unterschätzen«, gab er zu bedenken.

»Oder die gut unterrichteten Quellen«, entgegnete ich.

»Es gibt keine besser unterrichteten Quellen als die, die an dem Fall arbeiten.«

»Oder als die, die sie ausspionieren.«

»Du bist in meinen Computer eingebrochen, aber nicht ich in deinen.«

»Ich habe mich nur seiner bedient. Ich bin nicht in deine Dateien gegangen. Im Übrigen wäre ich nicht hineingekommen, wenn du bei der Wahl deines Kennworts etwas schlauer gewesen wärest.«

»Ich habe es geändert. Jetzt wirst du es nicht mehr so leicht haben.«

»Glaubst du? Auf jeden Fall rechtfertigt die Sache mit dem Computer nicht, dass du mich gestern Abend beschattet hast.«

Er drehte die Zeitung wieder zu sich um und vertiefte sich darin.

»Du kannst jederzeit Anzeige erstatten, wenn du Beweise hast«, sagte er, ohne den Kopf zu heben.

»Warum sollte ich? Mich stören gut informierte Quellen nicht. Aber ich bin nicht der Einzige, der an diesem Fall arbeitet. Ich fürchte, die andere Seite wird nicht mehr lange Verständnis für Ermittlungsjournalistik haben.«

Er antwortete nichts, tat so, als läse er. Ich zog den Mantel aus, hängte ihn an den Haken und ging hinaus auf den Korridor.

Als ich zum Büro des Oberkommissars ging, spürte ich, wie die Wirkung des Tees nachließ. Gern hätte ich noch eine Tasse davon getrunken. Doch ich konnte dieses Verlangen nach der Droge nicht befriedigen. Die Tüte mit den chinesischen Schriftzeichen hatte ich bei Vera gelassen.

Ich klopfte an, wartete, bis mich der Chef hineinrief, und trat ein. Er stand am Aquarium und betrachtete es von oben.

»Ach, Sie sind es. Schön, dass Sie kommen. Ich wollte Sie gerade rufen. Bitte sehr.«

Wie immer wies er auf den linken Sessel.

»Ich wurde soeben von dem Amt angerufen«, fuhr er fort, als ich mich gesetzt hatte.

»Ich nehme an, sie haben sich beschwert.«

»Woher wissen Sie?«

»Sie haben noch nie jemanden angerufen, um ihn zu loben.«

Der Oberkommissar lächelte säuerlich.

»Genau. Sie beschweren sich, dass Sie nicht genügend mit ihnen zusammenarbeiten.«

»Das Gleiche könnte ich denen vorwerfen.«

»Sie hätten geantwortet, sie seien nicht dazu verpflichtet. Sie wissen schon, wie sie sich sehen. Als Halbgötter.«

»Wenn die Halbgötter unzufrieden sind mit meiner Zusammenarbeit, weshalb übernehmen sie dann den Fall nicht von uns?«

»Das habe ich sie auch gefragt.«

»Und was haben sie geantwortet?«

»Nichts Konkretes. Sie haben nur gesagt, es sei vorläufig am besten, zweigleisig zu fahren.«

»Vielleicht würde sich das Problem lösen, wenn Sie den Fall einem anderen Kollegen übertrügen?«

»Das habe ich ihnen auch vorgeschlagen, doch darauf sind sie ebenfalls nicht eingegangen. Sie verlangen, dass Sie bleiben. Ich frage mich, wieso.«

»Vielleicht denken sie, ich weiß etwas, was sie nicht wissen.«

Der Oberkommissar setzte sich an seinen großen Arbeitstisch zwischen die zwei Bonsais.

»Und wissen Sie etwas?«

»Ich weiß nicht, was die anderen wissen, und deshalb kann ich es auch nicht sagen. Das ist das größte Problem bei der Arbeit mit ihnen. Man weiß nie, woran man ist.«

»Na gut, aber was wissen Sie überhaupt? Wie weit sind Sie gekommen?«

Ich atmete tief durch.

»Ich habe noch nichts Verlässliches. Die einfachste Annahme wäre, dass hinter den rätselhaften Todesfällen in der Buchhandlung jemand von der Sekte der Anhänger des *letzten Buches* steckt.«

»Auch für das Amt sind sie die Hauptverdächtigen.«

»Ich habe gedacht, das Amt für Nationale Sicherheit interessiert sich nicht für Geheimgesellschaften?!«

»Vielleicht meinen sie, das hat alles mit etwas Bedeutenderem zu tun.«

»Verborgen sind die Wege der Halbgötter ... Haben sie Ihnen gesagt, ob sie gestern Abend jemanden gefasst haben?«

»Soweit ich verstanden habe – nein. Sie sind mit leeren Händen abgezogen. Ich möchte sagen, auch deshalb sind sie ärgerlich auf Sie.«

»Es wäre alles günstiger gelaufen, wenn wir besser zusammengearbeitet hätten. Wären sie nur einen Augenblick später hereingeplatzt, dann hätte ich womöglich die Lösung schon gehabt.«

»Wirklich?«

»Ich war dem *letzten Buch* ganz nahe.«

»Was ist das überhaupt? Warum nennen sie es ›das letzte Buch‹?«

»Sie glauben, wenn es auftaucht, dann kündet es den Weltuntergang an. Bei Geheimgesellschaften und Sekten dreht es sich gewöhnlich um so etwas.«

»Ich habe verschiedene Geschichten über das Ende der Welt gehört, aber bei keiner ging es um ein Buch.«

»Auch wenn es nicht das Ende der Welt angekündigt, so hat das Buch doch keinen unpassenden Namen: Es war das letzte für die, die es aufgeschlagen haben.«

»Wie das?«

»Zuerst dachte ich, es sei vergiftet, nach dem Muster des Romans ›Der Name der Rose‹, aber danach sieht es nicht aus.«

»Was könnte es denn sonst sein?«

Ich zuckte die Schultern.

»Ich weiß nicht. Und das Amt für Nationale Sicherheit weiß es auch nicht. Mir scheint, das interessiert sie am meisten an diesem Fall. Wenn es nur um eine Geheimgesellschaft ginge, egal mit welchem abartigen Glauben, dann würden sie es gern uns überlassen. Aber die Waffe, die hier benutzt wurde, könnte sich in weitaus schlimmeren Händen befinden.«

»Wer hat diese Waffe benutzt? Wer steht hinter allem?«, hakte der Oberkommissar nach.

»Soviel ich gestern Abend verstanden habe, gab es schon früher Versuche, die Ankunft des *letzten Buches* zu beschleunigen und damit die Offenbarung zu verwirklichen. Ich weiß nicht, inwieweit diese Versuche tödlich waren, aber das Sektenmitglied, das derzeit die Fäden in der Hand hält, ist sehr geschickt.«

»Unbedingt! Wenn Todesfälle eintreten, zu deren Ursache nicht mal das Amt vordringen kann ...«

Ich lächelte.

»Aber eigentlich, wenn man genauer nachdenkt, taugt seine Waffe nicht gerade zur Massenvernichtung, und so etwas interessiert das Amt für Nationale Sicherheit doch vor allem«, mutmaßte ich.

»Wieso?«

»Um überhaupt zu wirken, muss das *letzte Buch* geöffnet werden. Aber wie viele Menschen öffnen in unserer Zeit schon ein Buch?«

»Sagen Sie das nicht! Es wird doch gelesen.«

»Welches Buch haben Sie als Letztes gelesen?«

Der Oberkommissar dachte ein wenig nach und schüttelte dann den Kopf.

»Jetzt haben Sie mich überrumpelt, aber es wird mir schon noch einfallen.«

»Haben Sie ›Der Name der Rose‹ gelesen?«

»Bisher nicht, aber es liegt auf meinem Nachttisch.«

»Solange es da liegt, sind Sie sicher.«

Er sah mich einige Augenblicke zweifelnd an.

»Wir werden doch wohl nicht den Leuten empfehlen, nicht mehr zu lesen?! Wir müssen diesen Fall so schnell wie möglich aufklären! Widmen Sie sich nur dieser Sache. Rechnen Sie mit jeder Hilfe, die Sie brauchen.«

Ich erhob mich aus dem Sessel.

»Danke.«

Als ich das Zimmer des Oberkommissars verließ, sah ich den Kollegen Petronijević. Er kam mir grinsend entgegen.

»Du hast Besuch«, sagte er und zwinkerte mir zu.

Ich schaute ihm kurz nach, als er sich über den Korridor entfernte, und ging rasch in mein Büro.

Ich erkannte sie nicht sofort. Wie hätte ich dazu auch in der Lage sein sollen – ich hatte sie ja noch nie geschminkt gesehen.

30.

»Fräulein Bogdanović«, sagte ich erstaunt, »was für eine Überraschung!«

Sie saß in einem der beiden Sessel an dem runden Tischchen gegenüber unseren Schreibtischen. Obwohl sie keinesfalls so übertrieben hatte wie Fräulein Vidić, wirkte in ihrem nicht an Schminke gewöhnten Gesicht das Wenige, was sie aufgetragen hatte, dennoch auffällig.

»Ich hoffe, eine angenehme«, sagte sie und streckte mir die Hand entgegen.

Ich erwartete einen laschen Händedruck, doch ich täuschte mich. Sie ergriff fest meine Hand und hielt sie etwas länger, als es normalerweise angebracht war. Als sie mich wieder losgelassen hatte, nahm ich auf meinem Stuhl Platz.

»Angenehm, natürlich. Es gibt keinen Polizisten, der sich nicht freut, wenn ihn eine schöne Dame besucht.«

Die Schminke war nicht das einzig Neue an ihr. Ich merke mir nie, wie eine Frau ihre Haare trägt, aber jedenfalls hatte sie nicht diese Frisur, mit der ich sie bisher gesehen hatte. Die Haare waren nicht mehr glatt, sondern sanft gewellt, nicht mehr so schwarz und irgendwie fülliger. Statt der Riesenbrille trug sie wahrscheinlich Haftschalen, und ihre schmalen Lippen wirkten nun voller.

Auch ihre Kleidung hatte sich verändert. Zwar hatte sie auch jetzt ein Kostüm an, aber nicht das dunkle Dienstkostüm, sondern ein hellblaues, flatterndes, Ton in Ton mit der

Bluse, deren oberste Knöpfe nicht geschlossen waren. Sie passte eher in ein heiteres Frühlingsambiente als in das Grau eines weiteren verregneten Herbsttags. Schließlich machten die Absätze sie auch größer und schlanker.

Ich lächelte.

»Eine schöne Dame? Von Ihnen habe ich kein Kompliment erwartet.«

»Weshalb nicht? Sie haben es mehr als verdient. Sie sehen heute sehr nett aus.«

»Danke. Ich dachte, Sie würden es nicht bemerken.«

»Weshalb nicht?«

»Schaut ein verliebter Mann etwa andere Frauen an?«

»Auch verliebte Männer bemerken Frauen, die sich bemühen, bemerkt zu werden.«

»Womöglich würde es Vera nicht gefallen, das zu hören.«

»Es gibt keinen Grund, warum es ihr nicht gefallen sollte. Im Übrigen bin ich überzeugt, dass es auch ihr nicht entgehen wird, wie Sie sich verändert haben.«

»Vielleicht doch.«

»Sie müsste blind sein, wenn sie es nicht sähe.«

»Sie ist auch blind.«

Kopfschüttelnd starrte ich Fräulein Bogdanović an.

»Ich verstehe nicht.«

»Sie ist farbenblind. Vera leidet an Dyschromasie.«

»Ach, in diesem Sinne.«

»Für sie sind alle Farben an mir nur Nuancen von Grau. Sie wussten nichts von ihrem Defekt?«

»Nein.«

»Auch Vera ist nicht so vollkommen, wie sie Ihnen erscheint.«

»Ich bezweifle, dass es ihr gefallen würde zu hören, wie Sie ihre Mängel aufdecken.«

Ein verbaler Streit zwischen uns schien unausweichlich, doch als sie weitersprach, war ihr Ton versöhnlich.

»Ich bin nicht wegen Vera hier. Ich bin gekommen, um Ihnen etwas zu erzählen.«

Ich wartete einige Augenblicke, ob sie fortfahren würde, doch sie sah mich nur an.

»Und was?«, fragte ich, um die unangenehme Stille zu durchbrechen.

»Meinen Traum.«

Nun blickte auch ich sie wortlos an.

»Glauben Sie an Träume?«

»In welchem Sinne?«

»Na, dass sie uns etwas Wichtiges mitteilen.«

Ich zuckte die Schultern.

»Meine Träume sind meistens verworren.«

»So ist jeder Traum. Aber unter der scheinbaren Verworrenheit verbirgt sich häufig ein Sinn.«

»Selbst wenn es so wäre, für mich ist er unergründlich.«

»Ich erkenne ihn meistens. Aber der letzte Traum hat mich völlig durcheinandergebracht. Sie müssen ihn sich anhören. Er betrifft auch Sie.«

»Mich?«

»Ich habe heute Nacht von Ihnen geträumt.«

»Tatsächlich?«, fragte ich – was sollte ich sonst sagen?

»Ja. Aber es ist mir unangenehm, darüber zu sprechen.«

»Weshalb?«

Sie senkte den Blick.

»Im Traum habe ich Sie gemalt.«

»Und was ist daran unangenehm?«

»Ihr Akt.«

Nun senkte ich ebenfalls die Augen.

»Mein Akt?«, wiederholte ich, als hörte ich dieses Wort zum ersten Mal.

»Auf einer großen Leinwand, in natürlicher Größe.«

Eine Zeit lang war nur das Trommeln des Regens gegen die Fenster zu hören.

»Und – wie sah ich aus?« Ich bemühte mich, meine Stimme scherzhaft klingen zu lassen.

»Sehr gut. Ganz echt.«

»Habe ich Ihnen Modell gestanden?«

Sie schüttelte rasch den Kopf.

»Nein.«

»Woher wissen Sie dann, dass ich ganz echt aussah, wenn Sie mich nicht unbekleidet gesehen haben?«

Sie sah mich einen Augenblick verwirrt an und wandte dann den Blick wieder zur Seite.

»Ich weiß es nicht, natürlich ... Ich nehme es an ... Aber das ist nicht wichtig. Mit dem Körper gab es keine Schwierigkeiten. Das Dilemma fing an, als der Kopf an der Reihe war.«

»Spielt denn der Kopf bei einem Akt eine Rolle?«

Sie hob die Augen.

»Auf jeden Fall ist er wichtig. Ein Akt ohne Kopf ist ... einfach obszön.«

»Und was war nicht in Ordnung mit meinem Kopf?«

»Er wollte nicht Ihr Kopf bleiben.«

»Was heißt – wollte nicht bleiben?«

»Ich habe Ihr Gesicht gezeichnet, aber als ich den letzten Strich getan hatte, da veränderte es sich.«

»Und ich war dann jemand anderes?«

»Nein. Darin liegt ja auch das größte Problem!«

»Das ist mir nicht klar.«

»Mir auch nicht. Sie waren es, aber wiederum auch nicht.«

»Wie soll ich ich sein und wiederum nicht ich sein, selbst wenn es ein Traum ist?«

»Sie sahen sich ähnlich, und doch waren Sie es nicht. So als würde auf dem Bild Ihr Zwillingsbruder erscheinen.«

»Ich habe keinen Zwillingsbruder.«

»Dann eben ein Doppelgänger. Jemand, der Ihnen sehr ähnlich sieht, sich aber durch irgendetwas unterscheidet.«

»Wodurch?«

Sie zuckte die Schultern.

»Ich könnte es nicht sagen. Es ist irgendwie nicht fassbar. Im ersten Moment war ich nicht ganz sicher, aber als Sie anfingen zu kichern, da wusste ich, das sind nicht Sie.«

»Ich habe auf dem Bild gekichert?«

»Ja. Beziehungsweise nicht Sie, sondern jener andere. Die Gestalt wurde lebendig, die Lippen verzogen sich, und ein unangenehmes Kichern erscholl. Mir standen die Haare zu Berge bei diesen schrecklichen Tönen. Ich wollte aufschreien und konnte nicht. Ich bin ganz verstört aufgewacht.«

Wieder verbrachten wir eine Zeit lang damit, dem Regen zu lauschen.

»Es tut mir leid, dass mein Akt Sie so beunruhigt hat.«

Ihre Augen blitzten.

»Nicht Ihr Akt hat mich beunruhigt, sondern Ihr dämonisches Lachen! Müssen Sie mich denn immer auslachen? Ich bin in der Hoffnung hergekommen, Sie könnten mir helfen, aber nicht, um verspottet zu werden.«

»Entschuldigen Sie, Fräulein Bogdanović, ich habe meine Worte nicht sorgsam gewählt. Ich hatte keinesfalls die Absicht, Sie zu verspotten. Wie kann ich Ihnen helfen?«

Sie schaute mich so lange an, bis das Blitzen in ihren Augen verschwand.

»Ich weiß nicht«, sagte sie schließlich. »Dieser Traum bedeutet bestimmt etwas, aber ich verstehe ihn nicht. Ich hatte gedacht, Sie könnten ihn mir erklären, weil Sie darin vorkommen.«

»Träume zu deuten ist nicht mein Hobby. Außerdem, wie Sie auch selber sagten, hat Sie mein Doppelgänger beunruhigt, nicht ich.«

»Was meinen Sie, wer könnte das sein?«

Ich schüttelte den Kopf.

»Keine Ahnung. Ich bin meinem Doppelgänger noch nie begegnet.«

»Das heißt nicht, dass Sie keinen haben.«

»Stimmt«, antwortete ich.

»Hüten Sie sich vor ihm, wenn Sie ihm begegnen.«

»Das werde ich tun. Danke für den Hinweis.«

Fräulein Bogdanović schien noch etwas sagen zu wollen, doch dann überlegte sie es sich anders und erhob sich. Im selben Moment erschien Kollege Petronijević an der Tür.

»Ich hoffe, ich störe nicht«, sagte er mit anzüglichem Lächeln.

»Du störst nicht. Unser Gespräch ist gerade beendet. Ich begleite Sie hinaus, Fräulein Bogdanović.«

Als wir auf den Fahrstuhl warteten, fiel mir etwas ein. Rasch zog ich mein Notizbuch und den Stift hervor und notierte eine Nummer. Ich riss das Blatt heraus und gab es ihr.

»Ich habe eine neue Handynummer. Wenn es nichts Dringendes ist, dann schicken Sie mir lieber eine SMS.«

Sie wollte gerade nach einer Erklärung fragen, da kam der Lift.

31.

Kaum war ich wieder in meinem Büro, da erreichte mich eine SMS-Botschaft über das neue Handy. Zuerst dachte ich, Fräulein Bogdanović sei noch etwas aus dem Traum eingefallen oder sie probiere einfach die neue Verbindung zu mir aus, doch es war Vera.

KOMM WENN DU KANNST.

Ich schnappte meinen Mantel und eilte hinaus, begleitet von dem verdutzten und neugierigen Blick des Kollegen Petronijević. Ich hatte nicht die Geduld, auf den Fahrstuhl zu warten, sondern rannte die vier Etagen bis zur Tiefgarage hinunter.

Als ich das Auto auf die Straße gefahren hatte, griff ich nach dem alten Handy und rief die Buchhandlung an.

»Papyrus, guten Tag«, meldete sich Vera. Ihre Stimme klang nicht allzu beunruhigt.

»Ist alles in Ordnung?«, fragte ich.

»Ich weiß nicht«, antwortete sie gedämpft.

»Du weißt nicht?«

»Noch nie waren am Montagvormittag so viele Leute in der Buchhandlung.«

»Ich komme.«

Ich schaltete das Blaulicht ein und gab Gas. Zum Glück war der Berufsverkehr vom Morgen schon vorüber, sodass ich in weniger als zehn Minuten am Ziel war.

Ich öffnete die Tür der Buchhandlung und schaute ungläubig hinein. Abgesehen von Vera an der Kasse war nirgends eine lebende Seele.

»Wo sind sie?«, fragte ich und ging auf sie zu.

»Weggegangen. Alle. Ich hatte kaum das Gespräch mit dir beendet.«

»Wie viele waren es?«

»Mehr als dreißig, würde ich sagen. Es ging vor gut einer halben Stunde los. Sie kamen einer nach dem anderen oder paarweise herein. Es waren schon mindestens fünfzehn, als ich endlich begriff, dass etwas nicht in Ordnung ist. Ich hätte dich sofort anrufen müssen, aber ich habe mich nicht gleich zurechtgefunden.«

Ich lächelte ihr zu.

»Du hast es ausgezeichnet gemacht!«

»Zu viele Telefone«, sagte sie fast flüsternd.

Ich nickte.

»Was haben sie gemacht?«

»Sie sind nach allen Seiten ausgeschwärmt. Es ging ungewöhnlich lebhaft zu für eine Buchhandlung. Wie auf einer Cocktailparty. Ich wusste nicht, wo ich zuerst hinschauen sollte.«

»Haben sie Bücher aus den Regalen genommen?«

»Ich denke, ja. Aber ich bin nicht sicher. Meistens war mir die Sicht versperrt.«

»Haben sie etwas zu dir gesagt?«

»Zwei haben mich nach irgendwelchen seltsamen Titeln gefragt, die ich noch nie gehört habe. Sie haben mich gebeten, in der Datenbank nachzuschauen, aber ich habe nichts gefunden.«

»Hast du jemanden erkannt?«

»Ich meine, drei oder vier Leute von denen schon hier gesehen zu haben. Aber ich weiß nichts über sie.«

»War einer der Patienten dabei?«

Sie schüttelte den Kopf.

»Keiner der echten.«

Ich schaute mich in der Buchhandlung um und seufzte.

»Sie haben das *letzte Buch* zurückgebracht.«

Vera sah mich an und blieb eine Weile stumm.

»Wo ist es?«, flüsterte sie schließlich.

Ich machte eine weit ausholende Geste.

»Hier irgendwo.«

»Woher weißt du das?«

»Es war alles eine Vorstellung. Dass sie dir die Sicht versperrt haben, dass du nach nicht existierenden Büchern suchen sollst. Aber nicht nur du solltest getäuscht werden. Für dich hätten schon zwei, drei Schauspieler gereicht. Ein ganzes Ensemble war hier, um weitaus aufmerksamere Augen irrezuführen.«

»Meinst du …?«

Ich nahm das alte Handy heraus und begann mit dem Finger rasch auf die Tasten zu drücken. Es klingelte neunmal, als sich endlich jemand meldete.

»Ich höre.«

Ich hob den Blick zu den oberen Ecken der Geschäfts.

»In welche Richtung soll ich schauen?«

»Wohin Sie wollen.«

»Wo haben sie es hingestellt?«

»Das weiß ich nicht.«

»Also spielen wir auch weiter Blindekuh? Beklagen Sie sich hinterher nicht wegen schlechter Zusammenarbeit.«

»Glauben Sie, ich wäre nicht schon längst da, wenn ich wüsste, wo es ist? Wir werten die Aufnahme sorgfältig aus, aber wir haben noch nichts herausgefunden. Sie sind sehr geschickt.«

»Sind Sie ihnen gefolgt, nachdem sie hinausgegangen waren?«

»Wir haben sie aus den Augen verloren.«

»Alle? Aber es waren doch mehr als dreißig!«

»In der Villa dort waren es über fünfzig, und die waren alle in zwanzig Sekunden spurlos verschwunden.«

»Warum haben Sie sie nicht dingfest gemacht, als sie in der Buchhandlung waren?«

»Weil ich wollte, dass sie das Buch dalassen. Es ist im Augenblick wichtiger als sie.«

»Sie hätten sowohl die Leute als auch das Buch in der Hand gehabt.«

»Vielleicht. Aber vielleicht auch nicht. Unterschätzen Sie sie nicht! Bestimmt waren sie auf die Möglichkeit vorbereitet, dass wir zugreifen, solange sie da sind. Wir haben es mit einem ernsthaften Gegner zu tun!«

»Und was nun? Das Buch ist hier, aber wir wissen nicht, wo es ist. Warum kommen Sie nicht mit der ganzen Equipe her und suchen es?«

»Es ist richtiger, wir suchen hier danach. Wir vergleichen die Aufnahmen von den Regalen vor ihrer Ankunft mit dem derzeitigen Stand. Aber deshalb können Sie es trotzdem an Ort und Stelle suchen, wenn Sie schon einmal da sind. Sie sind übrigens der Einzige, der es gesehen hat. Sie wissen, wie es aussieht.«

»Ich weiß, wie es gestern Abend ausgesehen hat. Aber vielleicht ist es nicht mehr dasselbe. Es könnte zum Beispiel keinen blauen Einband mehr haben. Wenn sie tatsächlich so geschickt sind, dann hätten sie sich darum kümmern können. Wahrscheinlich haben sie das auch getan.«

»Das ist nicht ausgeschlossen, aber trotzdem lohnt ein Versuch. Wir müssen alles unternehmen, dass es nicht zuerst in die Hände eines unschuldigen Kunden gerät.«

»Würden Sie nicht die Kunden am besten dadurch schützen, dass Sie die Buchhandlung zeitweilig schließen und alle Bücher von hier entfernen?«

Reuig lächelte ich Vera zu, die mich verwirrt und vorwurfsvoll ansah.

»Damit würde man nichts erreichen. Wenn das Geschäft wieder geöffnet wäre, dann würden sie das *letzte Buch* wieder hinbringen. Warum sollte es davon nur ein Exemplar geben? Wir haben eigentlich auch Glück, dass sie sich aus irgendeinem Grund bisher nur an diese Buchhandlung halten. Es wäre schlimm für uns, wenn sich die Sache auch auf andere Geschäfte ausweitete.«

Ich schwieg einen Moment.

»Gut, ich werde es suchen.«

»Sehr gut. Ich möchte sagen, unsere Zusammenarbeit verbessert sich.«

Wieder sah ich zu den oberen Ecken des Raumes hin und schüttelte den Kopf. Ich unterbrach die Verbindung, steckte das Handy wieder in die Tasche und wandte mich zu Vera um.

»Ich hoffe, du hast nichts dagegen, wenn ich dableibe und dir Gesellschaft leiste.«

Der soeben noch finstere Ausdruck auf dem sommersprossigen Gesicht verwandelte sich in ein strahlendes Lächeln.

32.

Ich hängte den Mantel an den Garderobenständer und begann langsam die Regale durchzusehen. Vera stand am Verkaufstisch und arbeitete am Computer neben der Kasse. Wenn sich unsere Blicke bisweilen trafen, lächelten wir uns zu. Mir war klar, dass sie mit mir reden wollte, doch sie hielt sich zurück, denn jedes unserer Worte würden auch andere Ohren hören. Nach einer Weile, als sie wohl festgestellt hatte, dass ihr die Stille, die uns umgab, nicht gut bekam, schaltete sie leise Musik ein.

Bald war mir klar, dass die Aussicht, etwas zu finden, sehr gering war. Wäre ein neues Buch ins Regal gestellt worden, so hätten es die Leute von Hauptkommissar Milenković, die die Aufnahmen vor und nach dem Besuch der Anhänger des *letzten Buches* verglichen, bereits gefunden. Aber da die Sektenbrüder wussten, dass sie genau beobachtet wurden, waren sie bestimmt nicht so naiv, ein Buch abzulegen, das vorher nicht hier gewesen war und dessen Aussehen ich zudem noch kannte.

Wahrscheinlich waren sie schlau gewesen und hatten das *letzte Buch* in den Einband eines anderen gesteckt, von dem sie im Voraus festgestellt hatten, dass es sich hier befand. Dann war das harmlose Buch herausgezogen und an dessen Stelle unbemerkt das gefährliche eingestellt worden. Das konnte nun eines der Tausenden von Büchern in der Buchhandlung sein. Na gut, vielleicht nicht irgendeins. Ich konnte jene Bände außer Acht lassen, die von dem Format des *letzten Buches* abwichen. Allerdings besaß leider die Mehrzahl der Bücher in der Buchhandlung ausgerechnet das normale Format für Prosaausgaben.

Zum *letzten Buch* konnte man nur durch eine systematische Durchsicht gelangen. Man musste jedes Buch des am häufigsten vertretenen Formats prüfen, doch das konnte einer allein nicht schaffen. Damit würden sich Mitarbeiter des Amts für Nationale Sicherheit befassen müssen, die überdies auch besser geschützt waren als ich. Das *letzte Buch* war vielleicht nicht vergiftet, aber dennoch tödlich. Egal, welche Wirkung es hatte, die Aussicht, dass ich zu Tode käme, wenn ich so mit bloßen Händen darauf stieße, war bedeutend größer, als wenn die gut ausgerüstete Equipe des Hauptkommissars es entdeckte.

Obwohl ich begriff, dass mein Bemühen umsonst war, hörte ich nicht auf, die Regale durchzusehen. Aus mehreren Gründen. Ich hatte nichts anderes zu tun. Zwar hätte ich ein Buch nehmen, mich in den Sessel setzen und lesen können, doch dazu war ich überhaupt nicht in Stimmung. Außerdem, hätte ich aufgehört, so hätte ich mich unweigerlich in einen Disput mit dem Hauptkommissar begeben, und das gefiel mir ebenfalls nicht. Und ich bezweifle, dass Vera meinen Rückzieher gutgeheißen hätte.

Schließlich blieb ich auch deshalb am Regal stehen, weil wieder der Eindruck des bereits Gelesenen in mir aufstieg. Während mein Blick über die Buchrücken glitt, schien er sich zu verstärken, und er nahm ab, wenn ich zur anderen Seite schaute. Als wäre das Buch, an das ich mich zu erinnern suchte, hier irgendwo vor mir und übte eine Wirkung auf mich aus, doch sie war trügerisch, sie entglitt mir wie ein Wort, das einem auf der Zunge liegt, aber man kommt einfach nicht darauf.

Gerade richtete ich mich auf, nachdem ich den unteren Teil

eines Regals durchgesehen hatte, als mich plötzlich ein Gedanke auf halbem Wege nach oben innehalten ließ. Ich verband zwei Dinge miteinander, die bisher getrennt gewesen waren: Stand der Eindruck des schon Gelesenen, der mich verfolgte, in Verbindung mit dem *letzten Buch*?

Ich fuhr zusammen, als Vera mir auf die Schulter tippte. So in Gedanken versunken hatte ich nicht bemerkt, wie sie zu mir gekommen war.

Sie lächelte.

»Du bist ja wie weggetreten!«

Ich gab ihr Lächeln zurück.

»Ich war in Gedanken.«

»Möchtest du Tee trinken? Oder darfst du vielleicht deine Arbeit nicht unterbrechen?«

Sie hob den Blick zur Decke.

»Natürlich darf ich das. Tee käme mir gerade recht.«

»Ich werde ihn von der Teestube bringen lassen. Welchen möchtest du?«

»Am liebsten Feigentee, aber ich glaube, dafür ist es noch zu früh. Dann vielleicht Algentee. Den kann man zu jeder Zeit trinken.«

Vera warf mir einen kurzen, bedeutsamen Blick zu und ging dann ins Hinterzimmer, um zu telefonieren.

Etwa zehn Minuten später kam ein schlitzäugiger Junge, nicht älter als zwölf Jahre, in einem dunkelroten Blazer und engen Hosen herein. Geschickt klappte er den Regenschirm mit einer Hand zu, ging mit Schritten fast wie eine Ballerina zum Verkaufstisch und stellte ein Tablett mit einer Teekanne und zwei Tassen ab. Ohne den Schirm beiseitezulegen, schenkte er uns den Tee ein.

Ich zog mein Portemonnaie heraus, doch der Junge schüttelte den Kopf.

»Papa sagt, dann zahlen, wenn kommt in Teestube.«

Erst als ich die Stimme hörte, merkte ich, dass es ein Mädchen war. Sie verneigte sich und glitt graziös, beinahe schwebend, aus der Buchhandlung.

Als wir wieder allein waren, blickte ich Vera ungläubig an.

»Der Papa?«

»Auch ich war verblüfft, als ich es erfuhr.«

»Vielleicht ist es nicht so ungewöhnlich?«

»Wie meinst du das?«

»Wenn man eine unbegrenzte Menge Schmetterlingspulver-Tee zur Verfügung hat …«

»Sie ist sehr nett, nicht wahr?«, unterbrach mich Vera. »Dachtest du auch zuerst, sie sei ein Junge?«

Ich nickte.

»Merkwürdig, wie das Aussehen täuschen kann«, sagte sie.

»Ja, merkwürdig. In meinem Beruf werde ich ständig damit konfrontiert.«

Mir schien, als wollte Vera etwas darauf erwidern, doch sie überlegte es sich anders, wahrscheinlich deshalb, weil wir abgehört wurden. Sie nahm einen Schluck Tee, dann wechselte sie wieder das Gesprächsthema.

»Heute ist nicht viel los hier.«

»Abgesehen von dem Gedränge heute Vormittag.«

»Ja, davon abgesehen. Ich frage mich, ob das nur deshalb ist, weil montags in der Frühschicht ohnehin die wenigsten Besucher kommen, besonders, wenn es regnet. Oder ist unser Ruf bereits so ruiniert, dass uns die Kundschaft meidet?«

»Ich bin sicher, der Grund ist der verregnete Montag. Da müsste einer schon süchtig nach Büchern sein, wenn er zu dieser Zeit und bei solchem Wetter in die Buchhandlung geht!«

»Aber dass auch kein einziger Kunde kommt?!«

»Sieh das als günstigen Umstand an. Je weniger Kunden da sind, desto geringer ist die Aussicht, dass jemand durch das *letzte Buch* zu Schaden kommt.«

»Aber ohne Kundschaft können wir den Laden schließen!«

»Es gibt keinen Grund, ihn zu schließen. Das hier kann jedenfalls nicht mehr lange dauern. Den Fall des *letzten Buches* werden wir bald gelöst haben. Und dann könnte es für euch eine hervorragende Reklame sein.«

Vera lächelte säuerlich.

»So eine Reklame möchte ich nicht haben.«

Eine Zeit lang nippten wir schweigend am Tee. Mein Mut kehrte schnell zurück. Ich wusste, dieses Mal würde die Wirkung noch kürzer andauern, doch das verdarb mir nicht die gute Laune.

»Was sollen wir mit Olga tun?«, fragte Vera, als sie die leere Tasse auf dem Tablett absetzte.

»Mit Fräulein Bogdanović?«

»Müssen wir sie darauf aufmerksam machen, dass das *letzte Buch* wieder hier ist?«

Ich schüttelte den Kopf.

»Besser, sie weiß es nicht. Sie würde sich nur unnötig aufregen.«

»Aber wenn etwas in ihrer Schicht passiert ...«

»Es wird nichts passieren. Ihr werdet auch am Nachmittag kaum Kunden haben. Außerdem genießt ihr einen besonderen Schutz.« Ich hob den Blick. »Nicht wahr, Kollege Milenković?«

Natürlich antwortete niemand von der Decke her. Als ich den Tee ausgetrunken hatte, machte ich mich wieder daran, die Regale durchzusehen. Der Eindruck des bereits Gelesenen war nun gedämpft, sodass ich mich unbeschwert den Buchtiteln widmen konnte. Ich war dienstlich hier, doch bald, wohl unter der Wirkung des Tees, fühlte ich mich nicht mehr dienstlich. Ich hörte auf, das *letzte Buch* zu suchen, nachdem ich mir selber eingeredet hatte, dass ich mich umsonst bemühte. Stattdessen machte ich mich an etwas Angenehmeres, Harmloseres: Ich wählte Bücher aus, die ich in einer ruhigeren Zeit kaufen und lesen wollte.

Damit beschäftigt, verlor ich das Zeitgefühl. Ich dachte, es sei gerade erst ein Uhr vorbei, doch es war bereits zwei Uhr zwanzig, als Fräulein Bogdanović erschien. Sie war wieder die Alte: glattes Haar, dunkles Kostüm, flache Schuhe. Das Gesicht ohne eine Spur Schminke. Der Glanz von heute Morgen war völlig verschwunden.

Es war ihr offenbar nicht angenehm, mich in der Buchhandlung zu sehen. Nachdem Vera ins Hinterzimmer gegangen war, um ihren Mantel zu holen, wandte sie sich leise an mich.

»Haben Sie ihr gesagt, dass ich Sie besucht habe?«

»Warum sollte ich es ihr sagen?«, fragte ich ebenfalls flüsternd. »Der Besuch war dienstlich.«

Sie maß mich lange und durchdringend.

»Dienstlich, auf jeden Fall.«

Vera erschien mit Mantel und Schirm an der Tür.

»Ich hoffe, du hast mehr Glück«, sagte sie zu Fräulein Bogdanović. »Es ist noch niemand gekommen.«

»Gar keiner?«

Sie zögerte einen Moment. »Abgesehen von uns beiden ist niemand in die Buchhandlung gekommen.«

»Vielleicht kommen jetzt die Kunden, wenn ich allein bin. Die Bücherfreunde mögen es nicht, wenn die Polizei sie beaufsichtigt.«

»Olga, ich bitte dich ...«

»Ich mache nur Spaß. Kommissar Lukić nimmt mir das nicht übel, nicht wahr?«

»Wie sollte ich?!«, fragte ich, als ich mir den Mantel anzog. »Ich möchte auch nicht von der Polizei beaufsichtigt werden! Aber das kommt wohl daher, dass ich selbst ein Büchernarr bin.«

»Ach ja, wie konnte ich das vergessen?!«

»Komm«, sagte Vera eilig, um zu verhindern, dass die ersten Streitfunken einen Brand auslösten.

Wir hatten schon die Tür geöffnet, als sie sich umwandte und lächelte.

»Wir sehen uns.«

Die schmalen Lippen bogen sich auch ein wenig.

»Bis bald.«

Der Regen trommelte auf den Schirm, kaum dass wir unter dem kleinen Vordach heraustraten.

»Hast du einen Vorschlag?«, fragte Vera und hakte sich bei mir unter.

»Noch ein Tee würde mir wohltun.«

»Für ›Kopf arbeiten‹?«

»Das würde nichts nützen. Mein Kopf wird nicht arbeiten, wenn ich nicht ein bisschen schlafe.«

»Einen Schlaftee kenne ich nicht.«

»Ich habe gehört, der Feigentee kann auch dafür gut sein.«

33.

Ich rannte lange, ehe mir die Veränderung bewusst wurde. Nichts störte die Eintönigkeit der Samtwände um mich herum. Türen waren keine mehr da. Verwirrt blieb ich stehen. Vor mir erstreckte sich der Gang bis ins Unendliche. Weshalb sollte ich in dieser Richtung weiterlaufen, wenn es kein Ziel gab? Ich musste umkehren.

Ich drehte mich um und sah in eine zweite Endlosigkeit. Im selben Moment begriff ich, weshalb ich gerannt war: Ich war vor etwas davongelaufen. Zwar hatte mich nichts getrieben, doch ich wusste, dort drohte mir Gefahr. Dorthin durfte ich nicht gehen. Ich musste in die andere Richtung weiter. Vielleicht gab es da wieder Türen. Die Endlosigkeit ist überaus lang!

Doch es erwies sich, dass sie ganz kurz war. Als ich mich wieder umgedreht hatte, befand ich mich nicht mehr in dem unabsehbaren Gang. Das Ende lag direkt vor mir. Der Gang endete mit einer Wand, in der eine Tür war. Diese unterschied sich von allen bisherigen. Sie war kein Teil des Samthintergrunds, von dem sie sich nur durch die Längseinschnitte abhob – die Tür, vor der ich stand, war vielmehr aus schwerem braunem Holz mit einer verzierten Messingklinke.

In Kopfhöhe befand sich ein ebenfalls gelbes Schild. Ich musste ein wenig zurücktreten, um zu lesen, was darauf stand: DAS LETZTE BUCH. Seltsam, dass so etwas an der Tür stand. Ich hielt mein Ohr an das Messing und lauschte, aber es war nichts zu hören. Ich wartete ein wenig, dann klopfte ich. Niemand antwortete.

Es verging noch geraume Zeit, bis ich die Klinke ergriff und behutsam die Tür aufzog. Ich erwartete, es werde sich endlich jemand von der anderen Seite melden, doch von dort drang nur Stille. Als ich die Tür weit genug geöffnet hatte, blickte ich verstohlen hinein.

Ich war auf alle möglichen Absonderlichkeiten gefasst, nicht aber auf ein normales Arbeitszimmer. Die Wände waren fast völlig verdeckt von Bücherregalen. In der Raummitte stand zwischen drei Sesseln ein niedriger, runder Tisch mit einer Glasplatte. In dem Blumentopf darauf prangten drei ziegelrote Blüten. In den Zimmerecken, die ich sehen konnte, standen zwei hohe, schlanke Lautsprecher.

Gegenüber der Tür befand sich ein großer Schreibtisch. Die einzige Beleuchtung im Raum bot die Tischlampe neben dem Monitor, deren Lichtstrahl auf die Tastatur und die Maus auf einer gelben Unterlage fiel. Hinter dem Schreibtisch war über das hohe Fenster ein undurchsichtiger dunkelroter Vorhang gezogen.

Ich blieb an der Tür, zögerte hineinzugehen. Drinnen war niemand, dennoch war ich ein Eindringling. Was hatte ich in einem fremden Arbeitszimmer zu suchen?! Im selben Moment erschien mir der Anblick, der sich mir bot, nicht ganz fremd. Es war, als hätte ich ihn schon irgendwo gesehen, aber das kam wohl daher, weil alle Räume, in denen Schriftsteller arbeiten, einander ähneln.

Jedenfalls sah es hier viel angenehmer aus als in dem düsteren Gang, in dem ich gestanden hatte. Ich trat ein, schloss die Tür hinter mir und dachte, mir würde schon eine Ausrede einfallen, wenn derjenige, dem das hier gehörte, erschiene. Im Übrigen wollte ich nichts Unziemliches tun. Mich nur ein bisschen umschauen. Ich liebe Bücher!

Bei der spärlichen Beleuchtung konnte ich nicht alle Titel

erkennen, aber unter denen, die ich sah, war keiner, den ich nicht gern in meiner eigenen Bibliothek gehabt hätte. Wenn der Besitzer käme, könnte ich anbieten, ihm alle Bücher abzukaufen. Ohne weitere Prüfung. Ich war überzeugt, mir würden auch die übrigen Werke gefallen, die mir unsichtbar blieben.

Nachdem ich die Regale an allen vier Wänden angeschaut hatte, stand ich einen Moment in der Mitte des Zimmers und überlegte, was ich tun sollte. Vielleicht konnte ich ein Buch lesen – aber besser, ich nahm keines! Dem Besitzer würde das sicher nicht gefallen. Auch ich sähe es nicht gern, wenn ein Fremder in meiner Bibliothek kramen würde.

Ich ließ mich auf einem Sessel nieder und blieb da sitzen, bis ich ungeduldig wurde. Ich hatte nicht so einen langen Weg durch den endlosen Gang zurückgelegt, um hier ewig herumzusitzen! Ich stand auf und ging zu dem einzigen Platz im Raum, wo ich noch nicht gewesen war. Ich rollte den Arbeitsstuhl zurück und setzte mich an den Schreibtisch.

Die Hände hielt ich im Schoß. Hier schickte es sich noch weniger, irgendetwas anzufassen, als im Regal. Doch ich konnte nicht dasitzen und nichts tun. Als reagierte der Monitor auf meine Nähe, wurde er in dem Moment hell, als ich auf seine dunkle Oberfläche blickte. Der schwarze Hintergrund wechselte zu Weiß, und dann begann im oberen Teil ein Text. Er schrieb sich ganz von selbst.

Ich hörte das Klappern der Tasten, aber meine Hände lagen auch weiterhin im Schoß. Mein Blick glitt über die Tastatur mit den Buchstaben vor mir. Wie von unsichtbaren Fingern berührt, drückten sie sich rasch nach unten und kamen zurück. Wieder richtete ich die Augen auf den Monitor. Gerade war ein Passus zu Ende geschrieben. Ich rückte näher heran und begann zu lesen.

Ich hörte das Klappern der Tasten, aber meine Hände lagen auch weiterhin im Schoß. Mein Blick glitt über die Tas-

tatur mit den Buchstaben vor mir. Wie von unsichtbaren Fingern berührt, drückten sie sich rasch nach unten und kamen zurück. Wieder richtete ich die Augen auf den Monitor. Gerade war ein Passus zu Ende geschrieben. Ich rückte näher heran und begann zu lesen.

Ich wartete nicht, dass sich das Schreiben fortsetzte. Ich sprang vom Stuhl auf, wobei ich ihn umstieß, und rannte zur Tür. Aber die Wand, in der sie sich befand, war nun gänzlich von Büchern verdeckt. Ungläubig schaute ich mich um, dachte, ich hätte die Richtung verwechselt, die Tür sei an einer anderen Wand. Doch von allen Seiten umgaben mich Bücherregale. Es gab keinen Ausgang aus diesem Zimmer. Der Schrei, der aus meiner Kehle drang, machte mich ganz taub.

34.

Als Vera mich schreien hörte, kam sie ins Schlafzimmer gelaufen. Ihre erschrockene Miene zeigte mir besser als jeder Spiegel, wie ich aussah. Ich saß auf dem Bett und starrte mit weit geöffneten Augen vor mich hin. Sie blieb zögernd an der Tür stehen, ehe sie zu mir kam. Sie setzte sich neben mich und legte mir die Hand auf die Wange.

»Wieder?«

Ich sah sie einige Augenblicke an, als würde ich sie nicht erkennen, dann nickte ich.

»Das wird etwas Ernstes! Wir dürfen uns nicht mehr lieben.«

Ich legte meinen Kopf auf ihre Schulter. Sie strich mir übers Haar.

»Doch, wir werden uns lieben. Es wird keine Albträume mehr geben.«

Sie rückte ein wenig ab, sodass ich den Kopf hob.

»Woher weißt du das?«

»Ich weiß es. Es ist fertig.«

»Was ist fertig?«

Ich antwortete nicht gleich. Mir fehlten die Worte.

»Alles …«, sagte ich schließlich, wohl wissend, wie ungenügend und beunruhigend meine Antwort war.

»Alles?«, fragte sie.

Ich zog meine Finger durchs Haar und blickte aus dem Fenster. Der Regen fiel vor dem nächtlichen Hintergrund.

»Es regnet noch immer«, sagte ich, um das Thema zu wechseln. Ich war noch nicht imstande und bereit, mich auf eine Erklärung einzulassen.

Sie sah mich forschend an, dann akzeptierte sie rücksichtsvoll den Themenwechsel.

»Morgen wird endlich schönes Wetter. Ich habe es in den Nachrichten gehört.«

»Das wird auch Zeit! Wenn wir schon bei der Zeit sind: Wie spät ist es eigentlich?«

»Fast neun Uhr.«

»Neun? Du hättest mich nicht so lange schlafen lassen sollen!«

»Ich hätte dich geweckt, wenn ich sicher gewesen wäre, dass du Albträume hast. Aber ich hatte gehofft ...«

Ich wollte ihr sagen, es sei gut gewesen, dass sie mich deshalb nicht geweckt habe, doch das hätte uns wieder zu dem Thema geführt, dem ich vorerst gern ausgewichen wäre.

»Das war eigentlich ein Tagtraum.«

Sie lächelte.

»Ja. Es gab noch mehr Gründe, dich zu wecken, aber ich habe es nicht getan. Dein neues Handy hat geläutet. Ich habe beide Handys aus dem Schlafzimmer getragen.«

»Das neue?«, fragte ich ungläubig.

»Das neue, ja. Danach ist eine SMS an dich gekommen.«

»Aber wie ist das möglich? Du weißt doch als Einzige von dem neuen!«

Sie zuckte die Schultern.

»Haben etwa die vom Amt ...«, entfuhr es mir, doch dann fiel es mir ein. »Fräulein Bogdanović!«

Ich sprang fast aus dem Bett.

»Olga?«

»Ja. Ihr habe ich auch die neue Nummer gegeben. Damit sie es zuerst mir meldet, wenn in der Buchhandlung etwas passiert.«

»Das hast du mir nicht gesagt. Hätte ich es gewusst, dann hätte ich dich geweckt.«

»Ich habe vergessen, es dir zu sagen. Das war verkehrt! Es schien mir nicht wichtig.«

»Wahrscheinlich ist es nichts Ernstes. Sonst hätte sie sich wohl bei mir gemeldet, als sie dich nicht erreicht hat.«

»Hoffen wir's! Wo sind die Telefone?«

»In der Küche.«

Wir eilten beide dorthin. Ich griff nach dem neuen Handy. Der nicht entgegengenommene Anruf war um acht Uhr und sieben Minuten erfolgt.

»Ist das ihre Nummer?«, fragte ich Vera und zeigte auf das kleine Display.

Sie nickte.

Die SMS war von derselben Nummer aus geschrieben. Abgesendet sechs Minuten später. Ich begann zu lesen.

ICH HABE ANGERUFEN, ABER SIE WAREN NICHT DA. ICH SOLLTE IHNEN MITTEILEN, WENN ETWAS PASSIERT. VIELLEICHT IST ES WICHTIG. ALS SIE AM SAMSTAG HIER WAREN, HAT SICH EIN KUNDE EIN BUCH RESERVIEREN LASSEN. ERINNERN SIE SICH? ICH HABE ES UNTER DIE KASSE GELEGT. ER HÄTTE ES HEUTE HOLEN SOLLEN, HAT ER ABER NICHT. ALS ICH ES WIEDER INS REGAL STELLEN WOLLTE, SAH ICH, ES IST NICHT DASSELBE. ES HAT DEN TITEL, DEN PROFESSOR NEDELJKOVIĆ GENANNT HAT: DAS LETZTE BUCH. MELDEN SIE SICH!

Ich schlug mir vor die Stirn.

»Natürlich! Was war ich für ein Idiot …«

»Was ist denn passiert?«, fragte mich Vera mit gedämpfter Stimme.

Ich gab ihr das Telefon. Wie auf Kohlen wartete ich, dass sie zu Ende läse.

»Dejan …«, entfuhr es ihr.

»Schnell! Ruf sie an!«

Veras Hände zitterten, als sie die Nummer wählte. Ich dachte schon, es werde sich niemand melden, als die Verbindung hergestellt war.

»Maja? Wo ist Olga?«

Ihr Gesicht wurde blass beim Zuhören, sie sagte nichts. Ließ sich auf einen Stuhl fallen.

»Ich komme sofort«, brachte sie schließlich hervor, ehe sie auflegte.

Sie blickte zu mir auf. Ihre Augen waren gläsern vor Tränen, die ihre Wangen hinunterrannen.

»Olga ...«, schluchzte sie. »Sie ist tot.«

Ich beugte mich zu ihr hinunter und umarmte sie. Sie stand auf. Wir schmiegten uns aneinander. Ich spürte, wie sich ihr Körper vor Schluchzen schüttelte.

»Was war los?«, fragte ich leise, als sie sich wieder etwas gefangen hatte.

»Maja ist ihre Schwester. Sie wohnen zusammen. Beziehungsweise wohnten ...«

Wieder schluchzte sie auf. Ich wartete, bis sie sich ein wenig beruhigte, und streichelte ihr Haar.

»Olga hat das Buch nach Hause mitgenommen. Sie ist sofort zusammengebrochen, als sie es aufgeschlagen hat. Der Rettungswagen war gleich da, aber sie war schon tot. Man hat sie gerade ins Institut für Gerichtsmedizin gebracht ...«

»Und das Buch?«

Ich wiederholte die Frage, weil Vera mich nur mit starrem Blick ansah, als würde sie mich nicht verstehen.

»Auch das Buch haben sie mitgenommen«, sagte sie schließlich. »Ich muss sofort zu Maja.«

Ich küsste sie auf die Stirn.

»Ich fahre zum Institut. Ich melde mich bei dir, sobald ich etwas weiß.«

35.

Eilig lief ich am Eingang zum Institut am Pförtner vorbei. Es war derselbe wie gestern. Wieder sah er fern. Er rief etwas, doch ich drehte mich nicht um und er kam mir auch nicht hinterher.

Die dunklen Korridore und Treppen des Gebäudes hallten unter meinen Schritten, als ich zum Büro von Doktor Dimitrijević eilte. Ich schaltete kein Licht ein, verließ mich nur auf den schwachen Schein der städtischen Beleuchtung, der durch die großen Fenster hereindrang. Als ich an der Tür war, klopfte ich beherzt an. Nur die Stille antwortete mir. Ich drückte die Klinke hinunter, doch vergeblich.

Einige Augenblicke stand ich verwirrt da, dann ging ich in Richtung »Kühlschrank«. Auch hier fand ich die Tür verschlossen vor. Frustriert donnerte ich mit den Fäusten gegen das weiße Metall, doch das machte nur Lärm und nichts weiter.

Ich dachte daran, zum Pförtner zurückzugehen, doch dann fiel mir ein, ich könnte ja telefonieren. Ich griff in die Tasche, zog das Handy heraus – und begriff, dass das nicht half. In meiner Hand befand sich das neue Telefon. Das alte war auf dem Tisch in Veras Küche liegen geblieben. In dem Durcheinander vor meinem Aufbruch hatte ich es nicht mitgenommen, aber in ihm war die Nummer des Doktors eingespeichert.

Wenn Vera noch zu Hause gewesen wäre, hätte ich sie anrufen können. Aber wir waren gemeinsam losgegangen. Schon war ich auf dem Weg ins Erdgeschoss, als mir einfiel, dass das Adressbuch des alten Telefons nicht das Einzige war, woran ich mich halten konnte. Ich hatte ja noch mein Gedächtnis! Zahlen konnte ich mir immer gut merken. Ich strengte mich an – und schließlich fiel mir die Nummer ein. Ich war nicht sicher, ob sie stimmte, aber was hatte ich schon zu verlieren? War sie falsch, dann würde ich die Verbindung einfach unterbrechen. Rasch tippte ich die Ziffern ein.

Erleichtert atmete ich auf, als ich bereits nach dem zweiten Läuten die Stimme Doktor Dimitrijevićs vernahm.

»Hallo?«

»Kommissar Lukić.«

»Ach, Sie sind es! Ich versuche schon eine ganze Weile, Sie zu erreichen, aber auf Ihrem Handy meldet sich keiner.«

»Das Handy, über das Sie mich angerufen haben, habe ich nicht bei mir.«

»Wir müssen uns schnell sehen. Wo sind Sie?«

»In Ihrem Institut.«

»Sie sind schon da? Dann wissen Sie Bescheid?«

»Ja. Ich habe Sie zuerst in Ihrem Büro gesucht, danach im ›Kühlschrank‹, aber beide Räume sind verschlossen.«

»Sind Sie in diesem Moment beim ›Kühlschrank‹?«

»Ja.«

»Ich hole Sie ab.«

Während ich wartete, fiel mir ein, dass es eigentlich ganz gut war, das alte Handy vergessen zu haben. Hätte ich mit dem alten gesprochen, so hätten uns auch andere Ohren hören können.

Bald vernahm ich von einer Seite des Korridors eilige Schritte. Ich ging Doktor Dimitrijević entgegen.

Als wir aufeinandertrafen, sagte ich: »Ich hatte gedacht, Sie seien hier«, wobei ich nach hinten, in Richtung »Kühlschrank« wies.

»Eine Autopsie ist nicht notwendig. Wir wissen, dass wir keine Ursache für den Tod von Fräulein Bogdanović finden werden. Gehen wir.«

Wir gingen in die Richtung, aus der er gekommen war.

»Wohin?«

»Zur Kammer.«

»Zur Kammer?«

»Eine hermetisch isolierte Kammer zur Untersuchung hochinfektiöser, giftiger und radioaktiver Substanzen.«

Ich blieb auf der Stelle stehen. Doktor Dimitrijević ging noch zwei Schritte weiter, dann blieb auch er stehen und sah mich fragend an.

»Das Buch …«, sagte ich mit halber Stimme.

Er nickte.

»Jemand will es untersuchen?«

»Ja. Kollegin Vidić. Sie ist gerade hineingegangen.«

»Das darf sie nicht!«, rief ich aus. Ich sprang auf Doktor Dimitrijević zu und packte ihn am Ärmel. »Schnell! Führen Sie mich hin!«

Er sah mich verwundert an. Er wollte etwas fragen, hielt sich jedoch zurück. Er lief voraus. Wir hasteten die Stufen zum ersten Stockwerk hinauf, eilten durch einen langen Korridor und erreichten schließlich eine Metalltür, die kein gewöhnliches Schloss hatte. Der Doktor holte ein Kärtchen aus der Brusttasche seines weißen Mantels und zog es durch einen Schlitz am Türrahmen. Vier rote Lämpchen blinkten kurz, dann wurden sie grün. Er musste die Türklinke mit beiden Händen heranziehen, um zu öffnen.

Ich flog vor ihm hinein. Die Mitte des Raumes nahm eine walzenförmige Kammer von etwa zwei Meter Durchmesser ein, die vom Fußboden bis zur Decke reichte. An der abgerundeten Tür befand sich in Kopfhöhe ein Fensterchen. Mit zwei Schritten war ich dort und schaute nach innen.

Hätte ich nicht gewusst, dass es sich um Fräulein Doktor

Vidić handelte, dann hätte ich sie nicht erkannt. Sie hatte einen gelben Plastikanzug an, ähnlich einem Taucheranzug, und auf dem Kopf so etwas wie einen Kosmonautenhelm. Hinter ihr erhob sich ein Regal, voll mit verchromten Instrumenten, mit Fläschchen und Glasgefäßen. Sie saß an einem kleinen Tisch in der Mitte, auf dem das blaue Buch lag. Ungeöffnet.

Ich klopfte hart gegen das Fensterchen. Der Helm drehte sich zu mir um. Hinter dem Visier sah mich lächelnd ein übermäßig geschminktes Gesicht an.

»Nicht öffnen!«, donnerte ich.

Sie tippte mit den Fingerspitzen an die Stellen auf dem Helm, hinter dem die Ohren saßen, und schüttelte den Kopf.

»Ich höre Sie nicht«, sagte ihre Stimme aus einem Lautsprecher irgendwo hinter mir.

Doktor Dimitrijević legte mir die Hand auf die Schulter.

»Drücken Sie hier, wenn Sie ihr etwas sagen wollen.«

Er zeigte mir einen der Knöpfe auf einer kleinen Kontrolltafel neben dem Kartenschlitz an der Tür.

Ich drückte ihn unnötig fest.

»Öffnen Sie es nicht!«, rief ich wieder.

Das Lächeln der stark geschminkten Lippen wurde etwas breiter.

»Keine Angst, Herr Kommissar. Hier bin ich sicher. Es wird mir nichts geschehen.«

»Sie verstehen nicht! Das ist kein gewöhnliches Buch! Es wird Sie umbringen, wenn Sie es öffnen!«

»Natürlich wird es mich nicht umbringen, auch wenn es noch so ungewöhnlich ist! Gleich werden wir sein Geheimnis lüften.«

Sie wandte den Kopf wieder dem Tisch zu. Ihre Hand ging wieder zum Buch, doch die Bewegung blieb unvollendet. Erneut sah sie mich an und lächelte noch immer.

»Ich habe heute Nacht von Ihnen geträumt, Herr Kommissar. Sie haben mich sehr erschreckt. Sie hatten zwei Gesichter. Wenn ich herauskomme, werde ich Ihnen den Traum erzählen.«

»Wieder drückte ich den Knopf mit aller Gewalt.

»Nicht!«

Mir kam es so vor, als bräche sich mein Schrei noch in dem weißen Raum, als ich, das Gesicht an das Fenster gedrückt, hilflos zusah, wie sie den Buchdeckel hob. Für einen Augenblick geschah nichts. Es sah aus, als wäre ein ungewöhnlich bekleideter Leser in ein gewöhnliches Buch vertieft. Doch dann sank ihr Kopf auf den Tisch und verdeckte das blaue Buch.

36.

Völlig verstört wandte ich mich an Doktor Dimitrijević, er solle mit dem Kärtchen die Tür zur Kammer öffnen, als jemand von draußen anklopfte. Der Doktor und ich sahen uns kurz an, dann lief er eilig zur Tür des weißen Raums.

Herein stapfte Hauptkommissar Milenković. Ehe der Doktor die Tür hinter ihm schloss, bemerkte ich im Korridor zwei Männer in Mänteln.

»Wo ist es?«, fragte der Hauptkommissar ohne Umschweife.

»Dort. Rasch, Doktor, öffnen Sie!«

Er hatte das Kärtchen bereits in den Schlitz gesteckt, zog es aber nicht durch. Einige Augenblicke blieb er wie angewurzelt an dem Fensterchen stehen, zog dann das Kärtchen wieder heraus und rückte ein wenig von der Tür ab.

Er schüttelte den Kopf.

»Das wage ich nicht …«

Der Hauptkommissar ging zu der Kammer und schaute hinein.

»Was ist passiert?«, fragte er und drehte sich um.

»Sie ist hineingegangen, um das Buch zu untersuchen«, antwortete der Doktor mit einer Stimme, die Unsicherheit verriet. »Etwas ist geschehen. Ich verstehe es nicht. Sie war perfekt geschützt.«

»Um Himmels willen, öffnen Sie!«, rief ich. »Wir können sie doch nicht so lassen!«

Der Arzt schüttelte wieder den Kopf.

»Ich wage es nicht. Wir könnten alle umkommen! Das ist … gefährlich!«

»Niemand wird umkommen«, rief ich wieder. »Das Buch ist ungefährlich, solange es nicht aufgeschlagen wird. Sie haben es hierher gebracht, und Ihnen ist nichts passiert.«

Der Doktor zog sich noch etwas weiter von der Kammer zurück. Ich sah Hauptkommissar Milenković an. Wir standen reglos da, in der Stille, nicht mehr als zwei, drei Sekunden, obgleich es mir viel länger vorkam.

»Geben Sie mir die Karte«, sagte der Hauptkommissar in einem Ton, der keinen Widerspruch duldete, und streckte die Hand aus.

Einen Moment stand er da, das Kärtchen in der Hand, als wüsste er nicht, ob er es selbst benutzen oder mir geben sollte. Dann drehte er sich um und zog es durch den Schlitz. Wie im Korridor leuchteten auch hier vier grüne Lämpchen auf. Hier war keine Anstrengung nötig, die Tür zu öffnen. Sie ging von selbst auf. Der Hauptkommissar machte einen Schritt zur Seite, sodass ich ihm nicht im Wege stand.

Der Raum war viel zu klein, als dass wir beide hätten hineingehen können. Wenn ich gekonnt hätte, wäre ich ihm zuvorgekommen, doch er stand näher. Nur kurz hielt er an der Tür inne, dann ging er hinein. Ich trat heran, um besser zu sehen und um ihm zu helfen, Fräulein Doktor Vidić hinauszutragen.

Zuerst legte er ihr die drei mittleren Finger auf die Halsschlagader. Das dauerte einige Zeit, denn er berührte sie durch den dünnen Plastikanzug. Schließlich drehte er sich kopfschüttelnd zu uns um.

Zu mir drang ein schluchzender Seufzer von Doktor Dimitrijević. Sein zynischer Humor half ihm, die täglichen Begegnungen mit dem Tod zu ertragen. Doch nun reichte er als Schutz nicht aus.

Der Hauptkommissar stand hinter dem Stuhl, ergriff die Ärztin unter den Achseln und versuchte, sie gerade aufzusetzen. Der gelbe Helm hing schlapp nach vorne. Ich dachte, er würde sie weiter aufrichten, doch er zog seine Hände heraus und betrachtete den Tisch. Dann wandte er sich an den Doktor und an mich und stellte die gleiche Frage wie eingangs.

»Wo ist es?«

Ich verstand nicht sofort, was er meinte.

»Das Buch«, fügte er ungeduldig hinzu, als er mein verständnisloses Gesicht sah.

Ich neigte mich ein wenig nach rechts, um den Tisch besser zu sehen, der mir bisher teilweise verdeckt war. Es lag nichts dort. Ich zuckte die Schultern.

Zuerst schaute der Hauptkommissar in den Schoß der Ärztin, dann ging er in die Hocke und suchte unter dem Tisch. Er richtete sich wieder auf und blieb eine Weile stehen. Noch während er herauskam, suchten seine Augen erneut sorgfältig den kleinen Raum der Kammer ab, dann schloss er die Tür.

»Sind Sie sicher, dass es da war?«

Die Frage war an uns beide gerichtet. Doktor Dimitrijević antwortete als Erster.

»Ohne Zweifel! Ich habe es selbst hineingetragen.«

Der Hauptkommissar wandte sich an mich.

»Ich habe gesehen, wie sie es aufgeschlagen hat«, sagte ich. »Ich habe versucht, es zu verhindern, aber sie hat nicht auf mich gehört. Sie ist über dem Buch auf den Tisch gesunken.«

Der Hauptkommissar schwieg eine Weile und schaute mich durchdringend an.

»Warum?«, fragte er schließlich.

»Was heißt warum?«

»Warum haben Sie versucht zu verhindern, dass sie es aufschlägt?«

»Weil alle, die es aufgeschlagen haben, umgekommen sind.«

»Aber das ist doch unsinnig«, mischte sich der Doktor ein. »Geschlossen oder geöffnet, das Buch hätte Sonja überhaupt nicht schaden können. Sie hatte doch einen Panzer an, der für alle Keime oder Gifte undurchdringlich ist. Sogar für Strahlung. Sie war hermetisch abgeschirmt.«

»Der Anzug war nicht völlig undurchdringlich«, erwiderte ich etwas leiser.

Der Doktor sah mich ungläubig an.

»Wieso das?«

Ich antwortete nicht sofort. Ich schaute zu Hauptkommissar Milenković.

»Das Visier.«

»Das Visier?«, wiederholte der Doktor. »Aber was könnte fingerdickes Glas durchdringen?«

»Das, was Fräulein Vidić gesehen hat.«

Der Doktor schüttelte den Kopf.

»Ich verstehe Sie nicht.«

»Was hat die Ärztin gesehen, als sie das Buch geöffnet hat?«

»Na, den Text, denke ich mal. Was sonst?«

»Genau. Den Text des Buches.«

Er sah mich wortlos an.

»Und?«

Die Stille, die darauf folgte, unterbrach der Hauptkommissar als Erster. Auch seine Stimme war nun leiser.

»Das Lesen des *letzten Buches* hat sie umgebracht?«

»So wie die anderen auch«, antwortete ich. »Das Buch ist nicht vergiftet. Hier ahmt niemand ›Der Name der Rose‹ nach. Die Sache ist komplizierter. Tödlich ist das, was im *letzten Buch* geschrieben steht.«

»Das ist … das ist …«, Doktor Dimitrijević bemühte sich, das rechte Wort zu finden, »… durch und durch Wodu!«

»Haben Sie eine andere Lösung, die nicht unbedingt Wodu wäre?«, fragte ihn der Hauptkommissar.

»Nein, aber ich bin überzeugt davon, dass es eine natürliche Erklärung geben muss …«

»Vielleicht ist sie gar nicht unnatürlich«, sagte ich. »Wir müssen nur die Definition der natürlichen Erklärung erweitern.«

»Ich habe nicht erwartet, dass zwei gestandene Polizisten derart unvernünftig sein können …«

»Es ist schwierig, sich an die Vernunft zu halten, wenn vor Ihren Augen ein Buch aus einer geschlossenen Kammer verschwindet.«

Der Arzt schien etwas erwidern zu wollen, aber er schüttelte nur den Kopf.

»Wie sind Sie auf diesen Gedanken gekommen?«, fragte mich der Hauptkommissar.

»Im Traum«, sagte ich wahrheitsgemäß nach leichtem Zögern. »Das passiert mir manchmal. Ich habe aufregende Träume.«

»Seien Sie froh. Ich merke mir meine nicht.« Er hielt kurz inne. »Was kann es sein, das da in dem *letzten Buch* steht und so tödlich wirkt?«

Ich zuckte die Schultern.

»Keine Ahnung«, log ich.

37.

Hauptkommissar Milenković ging gleich fort, aber ich blieb in dem Raum mit der Kammer, bis die Sanitäter kamen und die Leiche der Ärztin abholten. Als sie sie in den »Kühlschrank« brachten, schien Doktor Dimitrijević zusammenzubrechen. Er versuchte gar nicht erst, seine Tränen zu verbergen. Ich sah in diesem Augenblick, dass da mehr sein musste als Trauer um eine zu Tode gekommene Kollegin.

»Ich bin nicht imstande, die Autopsie durchzuführen«, sagte er mit gebrochener Stimme. »Ich werde einen Kollegen bitten …«

»Weshalb ist das überhaupt nötig? Sie wissen doch, dass nichts festgestellt wird.«

»Das Protokoll. Der Tod ist nicht natürlich. Wir werden das auch mit Fräulein Bogdanović durchführen müssen.«

»Wie kam es dazu, dass Fräulein Doktor Vidić das Buch untersucht hat?«

»Sie hat mich gedrängt, es ihr zu überlassen. Sie war schon immer ehrgeizig. Was für ein Fehler, ihr das zu erlauben! Ich hätte in der Kammer sein müssen.«

»Hätten Sie anders gehandelt, wenn Sie an ihrer Stelle gewesen wären?«

Er sah mich einige Sekunden wortlos an.

»Ob ich auf Sie gehört hätte, das Buch nicht zu öffnen? Nein. Aber besser, ich wäre umgekommen, als sie. Sie war so jung …«

»Sie wäre noch am Leben, wenn sie auf mich gehört hätte.«

»Sie war überzeugt, rundum geschützt zu sein. Wie konnte sie es wissen? Obwohl ich Augenzeuge war, kann ich selbst noch nicht glauben, was da geschehen ist. Alles ist völlig … unwissenschaftlich. Was ist das für ein schreckliches Buch?! Und wie konnte es verschwinden?«

Ich schüttelte den Kopf.

»Ich weiß es nicht. Aber ich werde alles geben, um es herauszufinden.« Ich schwieg kurz. »Wenn das überhaupt möglich ist«, fügte ich etwas leiser hinzu.

Er wischte sich die Tränen aus den Augenwinkeln.

»Und wenn es nun wieder irgendwo auftaucht?«

»Jetzt wissen wir zumindest verlässlich, dass es ungefährlich ist, solange es nicht geöffnet wird.«

»Ein paar Leute wissen es, aber die anderen nicht. Es könnte wieder im ›Papyrus‹ oder in irgendeiner anderen Buchhandlung auftauchen und auf ein neues Opfer lauern, das nichts ahnt.«

»Es wird nicht auftauchen.«

Er sah mich zweifelnd an.

»Woher wissen Sie das?

»Intuition.«

»Das ist auch nicht gerade wissenschaftlich.«

»Ich fürchte, etwas Wissenschaftlicheres kann ich Ihnen zu dieser Stunde nicht bieten. Ich muss jetzt gehen.«

Ich legte ihm die Hand auf die Schulter, dann verabschiedeten wir uns mit einem Händedruck. Ich hätte ihm gern noch etwas Tröstliches zum Abschied gesagt, aber mir fiel nichts ein. Ich wünschte ihm nicht einmal eine gute Nacht, weil es mir unpassend schien. Die Nacht, die ihm bevorstand, würde alles andere als gut sein.

Der Pförtner stand auf, sein Blick begleitete mich, als ich an ihm vorüberging, doch er sagte nichts. Ich hatte den halben Weg zum geparkten Auto zurückgelegt, da merkte ich, dass irgendetwas nicht war, wie es sein sollte. Ich schaute mich unsicher um, doch dann ging mir ein Licht auf. Das monotone Trommelgeräusch um mich herum hatte aufgehört. Es regnete nicht mehr. Ich hob die Augen. In diesem Stadtviertel war die Straßenbeleuchtung nicht sehr stark, sodass ich durch die aufgerissene Wolkendecke den nächtlichen Himmel und ein paar glitzernde Pünktchen sehen konnte. Ich lächelte. Seit Wochen hatte ich keinen Stern mehr gesehen.

Ich setzte mich ins Auto, fuhr jedoch nicht sofort los. Mein Blick wanderte über den fast leeren Parkplatz. Ich zog das Handy aus der Tasche und rief Vera an.

»Ich bin's«, sagte ich, als sie sich meldete. »Wo bist du?«

»Noch bei Maja.« Ihre Stimme klang niedergeschlagen. »Und du?«

»Ich komme gerade vom Institut für Gerichtsmedizin.« Ich zögerte ein wenig. »Ich habe keine guten Nachrichten.«

Vera schwieg kurz.

»Habe ich auch nicht erwartet. Was war los?«

»Das Buch hat noch ein weiteres Opfer gefordert.«

Wieder verging eine Zeit lang in Stille.

»Wen?«

»Fräulein Doktor Vidić. Erinnerst du dich?«

»Was ist passiert?«

»Sie hat das Buch geöffnet, obwohl ich sie gewarnt hatte, es nicht zu tun.«

»Dieses schreckliche Buch!« Veras Stimme wurde lauter. »Hast du es endlich an dich gebracht?«

»Nein. Es ist verschwunden.«

Wieder stockte das Gespräch.

»Wie ist es verschwunden?«

»Ich erzähle es dir, wenn wir uns sehen. Bleibst du noch lange bei Maja?«

»Vielleicht bleibe ich heute hier und schlafe bei ihr. Sie braucht mich.«

»Selbstverständlich. Dann melde ich mich also morgen bei dir ...«

»Ich werde morgen früh in den Laden gehen. Ich werde einen Zettel anbringen, dass die Buchhandlung eine Zeit lang geschlossen bleibt.«

»Vera ...«

»Sprich jetzt nicht darüber, bitte«, fiel sie mir ins Wort. »Wir reden morgen. Mach's gut.«

Sie unterbrach die Verbindung, ehe ich ihren Gruß erwidern konnte. Das traf mich ein wenig, aber ich nahm es ihr nicht übel. Wie konnte ich auch? Ich wusste, in welchem Zustand sie sich befand. Und zweifellos war sie auch nicht gut zu sprechen auf mich nach allem, was geschehen war. Und das mit vollem Recht! Hätte ich nicht geschlafen, dann wäre ihre Freundin nicht umgekommen.

Ich ließ den Motor an und fuhr nach Hause. Seit Tagen war ich nicht dort gewesen. Zum Glück hatte ich keine Haustiere, um die ich mich hätte kümmern müssen. Meine Aufmerksamkeit verlangten lediglich drei ziegelrote Blüten in dem Blumentopf auf dem niedrigen Tisch im Arbeitszimmer. Ich würde sie gleich gießen, wenn ich heimkam. Hoffentlich waren sie nicht verwelkt!

38.

Auf dem Weg zur Arbeit steckte ich mitten im morgendlichen Berufsverkehr, als ich mein Handy hörte. Es klingelte siebenmal, ehe ich es endlich schaffte, am Bordstein anzuhalten und es herauszuholen.

»Vera«, sagte ich, ohne zu warten, bis ich sie hörte. Das Display zeigte ihre neue Nummer. Und es konnte auch niemand anderes sein.

»Dejan! Ich wollte schon auflegen.«

»Ich bin im Auto. Ich konnte mich nicht früher melden. Wo bist du?«

»Vor der Teestube.«

»Was machst du denn dort?!«, fragte ich erstaunt.

»Du hast mir gesagt, ich solle dir melden, wenn der Patient erscheint, der Bücher dalässt.«

»Ja, und?«

»Er ist da gewesen. Er wollte in den Laden, aber ich hatte die Tür abgeschlossen. Ich habe ihn auf die Mitteilung hingewiesen, dass er geschlossen ist. Dann hat er ein Buch hochgehoben.«

Sie verstummte.

»Vera?«

Ihre Stimme zitterte. »Endlich habe ich es gesehen.«

»Es ist alles in Ordnung. Was war dann?«

»Er ist langsam davongezogen. Ich wusste nicht, was ich machen soll. Ich habe mir auf die Schnelle den Mantel übergezogen und bin hinausgegangen, um mit dir zu telefonieren, damit sie mich drin nicht hören. Er war nicht weit. Er war stehen geblieben, als wartete er auf mich.«

»Und?«, fragte ich, als wieder Stille herrschte.

»Ich habe das Telefon aus der Tasche gezogen, aber da hat er sich wieder in Bewegung gesetzt. Zuerst habe ich gezögert, dann bin ich ihm nachgegangen. Ich wollte es dir gerade melden, da war er bei der Teestube angelangt. Er hat sich zu mir umgedreht, und dann ist er hineingegangen. Ich bin auch zur Teestube gegangen, aber nur bis zum Eingang, und habe dich angerufen. Was soll ich jetzt tun? Soll ich auch hineingehen?«

»Nein!« Ich schrie fast. »Warte auf der Straße auf mich. Ich komme, so schnell ich kann.«

Gerade wollte ich auflegen, da war noch einmal Veras Stimme zu hören.

»Und der Hauptkommissar?«

»Was ist mit ihm?«

»Soll ich ihn auch anrufen? Er hat es von mir verlangt, erinnerst du dich?«

»Melde es ihm«, antwortete ich nach kurzem Zögern. »Aber nicht sofort. Warte ein bisschen. Hast du auch das andere Handy bei dir?«

»Nein. Aber ich habe dein zweites. Ich habe es heute früh mitgenommen, als ich kurz zu Hause war.«

»Ausgezeichnet! Dann ruf von dem aus an.«

Ich steckte das Handy wieder in die Tasche, setzte rasch Blaulicht aufs Dach, schaltete die Sirene ein und kehrte mit quietschenden Reifen in den Verkehr zurück. Hinter mir hupte ärgerlich ein Auto, das ich beinahe gerammt hätte.

Nach dreizehn Minuten war ich bei der Teestube, obwohl es mir viel länger vorkam. Zweimal entging ich nur um Haaresbreite einem Zusammenstoß.

Als ich vor dem Eingang stand, war Vera völlig durcheinander. Ich küsste sie, aber sie erwiderte den Kuss kaum.

»Alle sind drin«, sagte sie leise.

»Alle?«, wiederholte ich.

»Ich habe den Hauptkommissar nicht anrufen können. Gerade als ich seine Nummer gewählt habe, kam er schon mit sechs oder sieben Männern angerannt. Er hat mir nur zugenickt, bevor sie in die Teestube gestürmt sind.«

Ich hätte mir an den Kopf schlagen können!

»Er kennt meine neue Nummer, weil ich mit diesem Handy gestern Abend Doktor Dimitrijević angerufen hatte, den sie offenbar auch abhören. Das hätte ich mir denken können!«

»Das ist nicht alles …«

Ich sah sie verdutzt an.

»Was noch?«

»Auch die anderen sind gleich hinterhergekommen.«

»Welche anderen?«

»Die heute Morgen in der Buchhandlung waren. Nicht gerade alle. Vielleicht so fünfzehn. Einige habe ich wiedererkannt. Auch Einstein war dabei. Er hat mir zugelächelt …«

Ich starrte Vera an.

»Ich habe diese Sekte unterschätzt! Noch eine Unterlassungssünde!«

»Was nun?«, fragte sie.

»Ich werde auch in die Teestube gehen. Ich habe keine Wahl.« Ich lächelte. »Soll ich etwa des Rätsels Lösung verpassen?«

»Und ich?«

»Du?«

»Du erwartest doch wohl nicht, dass ich hier auf der Straße bleibe?! Ich möchte mit dir gehen.«

Ich schüttelte den Kopf.

»Nein. Es könnte gefährlich werden.«

»Das wird es nicht.«

»Woher willst du das wissen?«

»Intuition.«

»Vera …«, begann ich, aber sie unterbrach mich.

»Du hast einen Fehler gemacht, als du mich nicht zu dieser Villa mitgenommen hast. Willst du den Fehler wiederholen?«

Es war keine Zeit, mir etwas auszudenken, was sie von ihrem Vorhaben abgehalten hätte. Sie stand dem Eingang zur Teestube näher als ich. Sie drehte sich einfach um, öffnete die Tür und ging hinein. Mir blieb nichts weiter übrig, als ihr zu folgen.

39.

Wir brauchten einige Zeit, bis sich unsere Augen nach dem sonnigen, wenn auch kalten Tag an das rötliche Halbdunkel der Teestube gewöhnt hatten. Wir blieben an der Eingangstür stehen. Noch bevor ich richtig sehen konnte, hörte ich irgendwo vor mir die bekannte Stimme.

»Willkommen.«

Der Alte stand hinter dem Schanktisch und lächelte. Neben ihm waren noch zwei Gestalten in Blazern. Der einen war ich schon begegnet – dem zwölfjährigen Mädchen, das ich für einen Jungen gehalten hatte. Nur, welcher der beiden ganz gleich aussehenden Zwillinge, die sich, ebenfalls lächelnd, verbeugten, war sie?

Das Rätsel wurde noch verworrener, als der Vater sie vorstellte.

»Meine Sohn und Tochter.«

Er verriet nicht, wer nun wer war.

Vera erwiderte die Verbeugung, und so tat ich das Gleiche.

»Bitte sehr«, sagte der Alte und kam hinter dem Ausschank hervor.

Er wies auf einen Tisch. Er hätte jeden beliebigen wählen können. In der Teestube war kein einziger Gast.

»Wir sind nicht zum Teetrinken hergekommen«, sagte ich.

»Sehr gut Tee jetzt. Wir schon gekocht.«

Ich schüttelte den Kopf.

»Wir haben keine Zeit. Wo sind sie?«

Er wich meiner Frage aus. Er wandte sich an die Zwillinge und gab ihnen einen Wink. Einer von ihnen griff hinter sich und nahm ein Tablett mit zwei Tassen. Er trug es zu dem Tisch, den der Alte für uns ausgesucht hatte, stellte es hin und rückte die Stühle ein wenig für uns zurecht.

Vera kam mir wieder zuvor. Ehe ich mich erneut widersetzen konnte, ging sie und ließ sich an dem Tisch nieder. Ich zögerte kurz, unzufrieden, dass sie die Initiative übernommen hatte, dann nahm ich neben ihr Platz.

Das zweite Kind nahm die Tassen vom Tablett und stellte sie vor uns. Dann begab es sich zu seinem Vater und dem Bruder oder der Schwester, die neben unserem Tisch standen. Sie blickten uns an, ununterbrochen lächelnd.

Noch einmal war Vera schneller. Sie führte die Tasse zum Mund und trank einen Schluck. Ihr Gesicht begann zu strahlen, doch sie sagte nichts.

Während ich auch selbst bedächtig die Teetasse hob, merkte ich, dass der Tee nicht dampfte. Und tatsächlich, er war lauwarm. Doch das war nicht die einzige Überraschung. Ich war überzeugt gewesen, er würde uns Algentee reichen. Dieser aber hatte einen unbekannten Geschmack. Ein wenig bitter, ähnlich der Kornelkirsche, aber wiederum anders.

Fragend blickte ich Vera an – und merkte, mit ihr stimmte etwas nicht. Ihre Augen waren auf mich gerichtet, aber sie schien mich nicht zu sehen. Sie wirkte auch weiterhin ruhig und doch starr, die Teetasse unbeweglich auf halbem Weg zwischen Tablett und Mund haltend.

»Vera?«

Sie rührte sich nicht.

Ich setzte meine Teetasse ab und sprang beinahe vom Stuhl auf.

»Was ist das? Was haben Sie ihr gegeben?«

»Fräulein Vera alles gut«, erwiderte der Alte mit ruhiger

Stimme. »Warten, bis Sie wiederkommen. Sie müssen allein gehen.«

Ich schaute ihn lange an.

»Wohin?«

»Da.«

Er zeigte nach links. Ich wandte mich um, doch alles, was ich sah, war die dunkelrote Draperie, die einen Teil der Wand zwischen zwei Tischen bedeckte. Die Zwillinge gingen darauf zu und zogen sie in der Mitte auf wie einen Theatervorhang. Dahinter kam eine Tür zum Vorschein. Eines der Kinder griff nach der Klinke und öffnete die Tür, das andere bat mich mit ausholender Geste, hineinzugehen.

Ich ging nicht sofort. Ich blickte wieder zu Vera. Sie glich der lebenden Statue einer jungen Frau, die zufrieden mit einem unsichtbaren Partner Tee trinkt.

Als ich bei der Tür war, drehte ich mich noch einmal um. Nichts hatte sich verändert. Der Alte stand noch am Tisch neben Vera, als hielte er Wache. Das Lächeln auf seinem Gesicht war nicht verschwunden.

Ich hatte erwartet, die Zwillinge würden mich nur hineingehen lassen und die Tür hinter mir schließen, doch sie gingen vor mir. Ich zögerte nur einen Augenblick, dann folgte ich ihnen.

Ich konnte nicht sehen, wo wir uns befanden. Der Ort war dunkel. Nur wenig Licht drang aus der Teestube. Doch auch das verschwand, als unsichtbare Hände die Tür hinter uns schlossen.

Die völlige Dunkelheit dauerte nur einen Moment. Die Beleuchtung schaltete sich offenbar von selber ein, doch die Quelle des Lichts war nicht zu sehen. Es schien von überall herzukommen, so als dränge es aus den Wänden, aus Fußboden und Decke, die mit verschlissenem dunkelgrünem Samt bedeckt waren.

Vor uns lag ein kurzer Flur. In seiner Mitte befand sich

rechts und links je eine Tür. Ebenfalls dunkelgrün, und deshalb kaum sichtbar. Die dritte Tür am anderen Ende des Flurs unterbrach die samtene Eintönigkeit. Sie war aus massivem Holz.

Die Zwillinge liefen hüpfend vor mir her. Ihre Bewegungen waren leicht und geschmeidig. Mir kam der Gedanke, sie könnten fliegen, wenn sie nur wollten. In der Mitte des Flurs hielten sie an und stellten sich beiderseits der linken Tür auf. Sie sagten nichts, aber ich verstand, dass sie auf mich warteten.

Als ich bei ihnen war, durchdrang mich erneut der Eindruck des schon Gelesenen, stärker als je zuvor. Wieder starrte ich durch eine vom Regen verschwommene Fensterscheibe, doch diesmal schien ich ein wenig hindurchsehen zu können. Endlich schien mein Blick das zu erreichen, was auf der anderen Seite verborgen war.

Während ich vor der Tür stand, schalteten sich für einen Moment meine Scheibenwischer ein. Noch bevor einer der Zwillinge die Tür öffnete, wusste ich, was ich dahinter erblicken würde.

Acht Männer nahmen alle Plätze an einem langen Tisch ein, der bis zur Tür reichte. Am anderen Ende, an der Stirnseite, saß Hauptkommissar Milenković. Die Leute vom Amt für Nationale Sicherheit waren erstarrt wie Vera, jeder mit seiner halb erhobenen Tasse Tee.

Ich nickte. Der andere Zwilling schloss die Tür. Ich wandte mich zu jener an der Seite gegenüber. Das erste Kind griff nach der Klinke, doch ich schüttelte den Kopf. Es war nicht nötig, sie zu öffnen. Meine Scheibenwischer arbeiteten. Der Samt und das Holz dahinter wurden ganz durchsichtig.

Der Tisch dort war doppelt so lang. Nur eine der sechzehn Gestalten hatte keine braune Kutte mit aufgesetzter Kapuze. In Weiß gekleidet, nahm der Großmeister den gleichen Platz ein wie der Hauptkommissar. Die Sektenmitglieder glichen

Mönchen, die im Refektorium eines Klosters jemandem zuprosten.

Ich sah die Zwillinge an. Zu sagen brauchte ich nichts. Hüpfend wie zuvor, kehrten sie zum Eingang zurück und warteten dort auf mich.

Ich drehte mich um und ging entschlossen auf die Holztür am Ende des Flurs zu. Zum Ende des *letzten Buches*. Bereits gelesen, hatte es aufgehört, ein unbegreifliches Trugbild zu sein. Vor mir blitzte die Klarheit eines heiteren Tages. Scheibenwischer brauchte ich nicht mehr.

Ich klopfte leicht an.

»Herein!«, rief eine wohlbekannte Stimme.

40.

In dem Arbeitszimmer am Ende des Flurs hielt ich mich nicht lange auf. Dafür gab es keinen Grund. Auch ehe ich dort hineinging, wusste ich alles, sodass überflüssige Erklärungen unterblieben. Wir führten ein leichtes, herzliches Gespräch. Wie Leute, die sich gut kennen. Sogar besser als eineiige Zwillinge. Eigentlich ein Gespräch, wie es jemand mit sich selber führt, wenn er gute Laune hat.

Als ich in den Flur zurückkam, befand ich mich anfangs erneut im Dunkeln, doch schon im nächsten Augenblick begannen die Wände, der Fußboden und die Decke zu leuchten. Bruder und Schwester erwarteten mich lächelnd am anderen Ende und verbeugten sich. Ich erwiderte ihr Lächeln und ging zu ihnen. Nur kurz blieb ich in der Mitte des Flurs stehen. Ich brauchte mich nicht nach links und rechts zu wenden und durch die verschlossenen Türen zu schauen. An den langen Tischen saß niemand mehr. Es waren auch keine Tische mehr da. Und nicht einmal mehr die Räume, in denen sich die Tische befunden hatten. Die beiden Samttüren waren Attrappen. Sie führten nirgendwohin.

Ebenfalls eine Scheintür war jene, die aus der Teestube in den Flur geführt hatte. Als ich durch sie hindurchgegangen war, nachdem einer der Zwillinge sie geöffnet und der andere die dunkelrote Draperie zugezogen hatte, blieb hinter mir nur die Wand, so wie sie an dieser Stelle immer gewesen war.

Vera traf ich in derselben Pose an, in der ich sie verlassen hatte. Sie saß unbeweglich da, die Teetasse in Brusthöhe haltend. Ihr Blick war auf den leeren Platz am Tisch ihr gegenüber gerichtet, als sähe sie dort jemanden. Nur der Alte stand nicht mehr neben ihr. Sie war allein in der Teestube.

Ich ging hin und rückte meinen Stuhl zurecht. Im selben Augenblick, als ich mich hinsetzte, kam Leben in sie. Sie stellte die Tasse aufs Tablett.

»Diesen Tee habe ich noch nie getrunken«, sagte sie, als würde sie ein gerade unterbrochenes Gespräch fortsetzen. »Was mag das für Tee sein?«

»Vielleicht Kornelkirsche?«, erwiderte ich.

Sie schüttelte den Kopf.

»So ähnlich im Geschmack. Aber ich denke, es ist etwas anderes.« Sie blickte um sich. »Wo ist der Alte? Ich werde ihn fragen.«

Ich machte eine Kopfbewegung zur Tür hinter dem Ausschank, die in ein Hinterzimmer führte.

»Er ist dort hinausgegangen.«

Über Veras Gesicht huschte plötzlich ein Schatten.

»Und die anderen? Hauptkommissar Milenković und seine Leute? Und die Sektenbrüder? Hier sind mindestens fünfundzwanzig Leute hineingegangen.«

»Sie sind nicht mehr da. Für sie ist alles beendet.«

Sie maß mich verwirrt.

»Wieso beendet?«

»Der Hauptkommissar wird in Kürze den Fall als ungelöst abschließen. Das passiert mitunter bei der Polizeiarbeit. Es gibt keine neuen Verbrechen, und die alten bleiben unaufgeklärt. Was diese Geheimgesellschaft betrifft, so werden die Brüder feststellen, dass es wieder ein falsches Erscheinen des *letzten Buches* war, und sie werden weiter auf das echte warten.«

»Aber das *letzte Buch* ist hier! Ich habe es vor einer halben

Stunde in der Hand jenes Patienten gesehen! Und was war mit ihm?«

»Nichts. Er hat seine Rolle zu Ende gespielt. Er sollte uns beide nur in der Teestube zusammenbringen.«

»Warum?«

»Wegen des Endes. Das *letzte Buch* ist noch ganz kurz hier. Bis wir dieses Gespräch zu Ende geführt haben.«

»Ich verstehe dich nicht, Dejan«, sagte sie nach kurzem Schweigen.

»Ich weiß. Aber das ist nicht das größte Problem. Und wenn du es verstehst, dann wirst du Mühe haben, es zu akzeptieren.«

In ihren Augen las ich, dass in ihrem Kopf eine Menge Fragen schwirrten. Schließlich überwog eine Frage.

»Welche Verbindung besteht zwischen diesem Gespräch und dem *letzten Buch*?«

»Es ist ein Teil davon. Ein Teil des letzten, des vierzigsten Kapitels.«

Sie sah mich blinzelnd an.

»Wie denn ...?«

»Im *letzten Buch* wird alles erzählt, was geschehen ist, seit ich vorigen Mittwoch zum ersten Mal in die Buchhandlung kam, bis zu dieser Lösung jetzt.«

»Das ist nicht möglich ...« Sie verhielt einen Moment. »Woher weißt du das? Hast du es gelesen?«

»Wenn ich darin gelesen hätte, dann wäre ich jetzt tot wie die anderen, die es geöffnet haben. Sie sind umgekommen, gerade weil sie darin gelesen haben.«

»Davon, dass man ein Buch liest, kann man nicht sterben ...«, sagte sie nach kurzem Zögern.

»Doch, leider. In einem ganz besonderen Fall. Wenn sich die Wirklichkeiten kreuzen.«

»Wenn was?«

Ich seufzte.

»Das wird am schwierigsten zu erklären sein. Wenn du Prosa schreibst, dann gibt es deine Wirklichkeit als Autor und die Wirklichkeit des Buches. Sie sind streng getrennt. Stell sie dir analog zu der Welt vor, die aus Materie und Antimaterie besteht. Kennst du das aus der Physik? Sie dürfen nicht in Kontakt kommen, sonst erfolgt die vollständige Zerstrahlung. Kreuzen sich die beiden Wirklichkeiten, so vergeht der Teil, der in Berührung mit dem Artefakt aus der anderen Welt kommt. Keine physische Berührung. Niemand würde Schaden erleiden, wenn er das *letzte Buch* nur geschlossen hielte. Aber sobald die Leute anfingen, es zu lesen, über sich selbst zu lesen, haben sich die Wirklichkeiten hoffnungslos verflochten und sind ausgelöscht worden. Dieses Auslöschen hinterließ keinerlei Spuren, sodass die Todesursache nicht festgestellt werden konnte.«

Eine Weile schüttelte Vera schweigend den Kopf.

»Das ist alles verrückt ...«, sagte sie leise.

»Verrückt, ja«, stimmte ich ihr zu. »Aber auch das einzig Mögliche.«

Mit einer unbewussten Bewegung hob sie die Teetasse, um noch etwas Tee zu trinken, stellte sie jedoch zurück aufs Tablett, noch ehe sie sie zum Mund gebracht hatte.

»Wenn es so ist, wie du sagst, wenn das Buch todbringend ist für alle, die es zu lesen versuchen, dann müsste sich das auch auf dich beziehen, nicht wahr?«

»Das stimmt.«

»Und woher weißt du dann, was in dem *letzten Buch* geschrieben steht?«

Ich antwortete nicht sofort. Wir sahen uns einige Sekunden über den Tisch hinweg in die Augen.

»Ich musste es nicht lesen«, sagte ich schließlich. »Ich habe es geschrieben.«

»Du?«

»Ja, ich. Aber nicht der Dejan, der dir jetzt gegenübersitzt.«

»Oh, gibt es noch einen anderen?«

»Ja. Den Autor des *letzten Buches*. Aus der anderen Wirklichkeit. Aber er heißt nicht so.«

»Und wie heißt er?«

»Ähnlich. Er hat aus mir die Hauptperson seines Werkes nach seinem eigenen Bild gemacht. Wir sind mehr als Zwillingsbrüder. Wir sind eins.«

»Ist er auch Kommissar?«

»Nein. Er ist nur Autor. Aber ich bin ebenfalls Autor.«

»Das wusste ich nicht.«

»Ich auch nicht. Bis ich vergangene Nacht nach Hause kam und ins Arbeitszimmer ging. Nebenbei gesagt, wir haben die gleichen Arbeitszimmer. Sogar die gleichen Blumen im Topf auf dem Tisch. Du wirst es sehen, wenn du endlich zu mir kommst.«

»Woher weißt du, was für ein Arbeitszimmer dieser Autor hat?«

»Ich bin darin gewesen.«

»Du warst … in seiner Wirklichkeit?«

»Ja. Eben erst. Als du hier gesessen hast.«

Sie schüttelte den Kopf.

»Das stimmt nicht. Du warst mir ständig vor Augen.«

»Das ist dir nur so vorgekommen. Aber es ist jetzt nicht wichtig. Ich habe heute Nacht den Computer im Arbeitszimmer eingeschaltet und fand darin eine Datei mit den ersten neununddreißig Kapiteln des *letzten Buches*.«

»Aber wieso hast du nicht früher gewusst, dass du diese Kapitel schreibst?«

»Ich durfte es nicht wissen. Das hätte im *letzten Buch* alles durcheinandergebracht. Ich musste ein Teil der Geschichte sein. Nur eine gewisse Ahnung war möglich. Erinnerst du dich, dass ich dir von dem Eindruck des bereits Gelesenen erzählt habe?«

»Ja.«

»Er bezog sich nicht auf ein Buch, das ich früher einmal gelesen und vergessen habe, sondern auf das, was ich geschrieben habe – was wir eigentlich beide geschrieben haben. Gleichzeitig.«

»Aber warum war es nötig, dass du es auch schreibst?«

»Weil ich nur so, als Schriftsteller, das *letzte Buch* gefahrlos lesen konnte. Sonst wäre diese Lösung nicht möglich gewesen. Und was wäre ein Detektivroman ohne Lösung?«

Diesmal trank sie ein wenig Tee. Einen Moment gedachte ich sie daran zu hindern, damit sie nicht wieder in den Zustand der Starre verfiele, aber ich sah ein, das würde nicht geschehen. Es war nicht mehr nötig, meine Wirklichkeit zu verlassen.

Sie machte eine unbestimmte Handbewegung, nachdem sie die Tasse niedergesetzt hatte.

»Unsere Wirklichkeit ist also nur ... die Fiktion ... eines Schriftstellers?«

»Nein. Sie ist ebenso wirklich wie die seine. Aber seine hat die unsrige sieben Tage lang beeinflusst, solange das *letzte Buch* gedauert hat. Nur noch ein paar Minuten, und der Einfluss wird verschwinden.«

»Warum musste der Einfluss ein solcher sein?«, fragte sie nach kurzem Überlegen mit gedämpfter Stimme.

»Wie, ein solcher?«

»Warum hat er ausgerechnet einen Detektivroman schreiben wollen? Konnte er nicht anspruchsvolle Literatur wählen?«

»Das hat er doch auch. Für ihn ist ein Detektivroman keine Trivialliteratur.«

»Vielleicht nicht, aber es hätte dann wenigstens nicht so viele Tote gegeben. Sechs echte Menschen, unter ihnen auch Olga, haben ihr Leben verloren, nur damit er beweist, dass auch ein Detektivroman gute Literatur sein kann! Das ist herzlos und unverzeihlich!«

»Tote gibt es auch in der guten Literatur. Manchmal viel mehr.«

»Das ist ein schwacher Trost.«

»Stimmt. Deshalb will er sich zumindest ein wenig freikaufen, solange wir noch in dem *letzten Buch* sind.«

»Freikaufen?«

»Ja. Damit macht er natürlich die Toten nicht wieder lebendig, aber dein Leben wird angenehmer werden. Und auch deine Zweifel werden verschwinden. Alles, was ich dir erzählt habe, kommt dir auch weiterhin äußerst unwahrscheinlich vor, nicht wahr?«

Sie nickte.

»Äußerst unwahrscheinlich!«

»Aber könntest du deinen Augen trauen?«

Sie blickte mich fragend an. Ich stand auf und reichte ihr die Hand.

»Komm.«

Ich führte sie zum Ausgang der Teestube.

»Schließe die Augen«, sagte ich zu ihr, als wir an der Tür waren. »Mach sie erst auf, wenn ich es dir sage.«

Verwirrt schaute sie mich an, ehe sie die Augen schloss.

Ich führte sie auf die Straße. Das helle Licht des heiteren Tages ließ mich nach der halbdunklen Teestube blinzeln.

»Jetzt schau!«

Sie schaute, und bald blinzelte auch sie. Dann hob sie vorsichtig, als wäre es das erste Mal, die Lider ein wenig an. So blieb sie lange stehen, die Augen halb geschlossen, bis sie sich an das Licht gewöhnt hatte. Schließlich öffnete sie die Augen weit.

Alle Sommersprossen auf ihrem Gesicht begannen allmählich zu lächeln.

»Farben …«